智慧公主马小岚纯美爱藏本 10

第一公主
di yi gongzhu

马翠萝 著

化学工业出版社
·北京·

图书在版编目(CIP)数据

第一公主/马翠萝著. —北京：化学工业出版社，2015.9（2024.9重印）
（智慧公主马小岚纯美爱藏本）
ISBN 978-7-122-24787-2

Ⅰ.①第… Ⅱ.①马… Ⅲ.①儿童文学-中篇小说-中国-当代 Ⅳ.①I287.5

中国版本图书馆CIP数据核字(2015)第176359号

原版书名：公主传奇 第一公主 原版作者：马翠萝
ISBN 978-962-08-5158-2
本书为新雅文化事业有限公司授权化学工业出版社在中国内地出版中文简体字版本，仅限于在中国内地（不包括香港、澳门及台湾）发行销售。
未经许可，不得以任何方式复制或抄袭本书的任何部分，违者必究。
©2012 Sun Ya Publications (HK) Ltd.

北京市版权局著作权合同登记号：01-2013-4101

责任编辑：张素芳　　　　　　　责任校对：陈　静

出版发行：化学工业出版社（北京市东城区青年湖南街13号　邮政编码100011）
印　　装：大厂聚鑫印刷有限责任公司
880mm×1230mm 1/32　印张 6　2024年9月北京第1版第13次印刷

购书咨询：010-64518888　　　　　　　售后服务：010-64518899
网　　址：http://www.cip.com.cn
凡购买本书，如有缺损质量问题，本社销售中心负责调换。

定　价：16.80元　　　　　　　　　　　　　　　版权所有　违者必究

公主的话（序）

——写在"智慧公主马小岚"第十本出版之时

Hi，我是马小岚！你们好啊！

知道你们喜欢我的故事，我很开心。

我现在还在读大学，有空也会回香港看看我的老爸老妈，吃吃我喜欢的香港地道小吃，见见我以前的同学和朋友。虽然在乌莎努尔过得挺快活的，但我始终没忘记自己成长的地方。

离开香港以后，在我身上发生了很多故事，相信翠萝姨都在书中给你们讲了，听说我现在有很多小粉丝，哇，我爱死你们了！

听翠萝姨说，你们都很想知道我的身世，其实我也想知道呢！

我常常想,自己有可能是某个酋长的女儿,酋长来香港游玩时得了失忆症,把我像玩厌了的布娃娃般扔了。

或者是某个星球即将毁灭之前,亲人们为了保护我,把我送到美丽的地球来了。

或者我根本就是很久很久以前,女娲娘娘用水和泥做出来的,因为吃了不死药一直活到现在。噢,不对不对,那我应该有千千万万年的记忆,我也会知道恐龙灭绝的原因啊!嗯,也许我是得了失忆症,只记得这十几年的事情。

哎呀,不想了。顺其自然吧!反正我有这么好的养父养母,有这么多爱我喜欢我的朋友,我已经很满足、很幸福了!

翠萝姨告诉我,你们很关心我跟万卡哥哥的事。哈哈,真是些可爱的小八卦!嗯,我们关系不错。虽然我有时也会跟他吵吵小架,或者在他面前发点小脾气,不过他从不生气,嘻嘻!

以后,我会继续把自己的故事告诉翠萝姨,请她把公主的传奇故事一直写下去。希望你们喜欢。

有机会来乌莎努尔玩哦!

晓晴晓星,你们干吗呀,一直在旁边拉我的袖子!

噢,晓晴晓星要我向你们问好。

再见!

马小岚

目 录

第1章　世界公主大赛　　　　　　　7

第2章　公主要出门　　　　　　　20

第3章　大战"嚣张姐"　　　　　　28

第4章　恐怖分子登船　　　　　　35

第5章　六个公主和两个绑匪　　　47

第6章　黑夜逃跑　　　　　　　　59

第7章　八点半的危机　　　　　　70

第8章　恐怖分子的眼泪　　　　　83

第9章　人之初，性本善　　　　　92

第10章　非典型公主　　　　　　104

第11章	恐怖袭击即将发生	112
第12章	超人姐姐	122
第13章	小岚被人利用	136
第14章	这个总统太卑鄙	144
第15章	C计划是什么	156
第16章	囚车在蓝十字路口被劫	164
第17章	生死时刻	173
第18章	第一公主	187

第1章
世界公主大赛

马小岚走到晓晴房门口,往里面一瞧,她的眼睛顿时张大了一倍:"喂喂喂,你搞什么名堂?"

七百多平方尺的房间,地上堆满了衣服、鞋子、饰物,还有各种各样的日用品,活像一个杂货摊。

"准备明天出发带的行李呀!"晓晴说。

小岚获邀担任"世界公主决赛"评判,晓晴和晓星以秘书身份一同前往。

"我说晓晴同学,我们好像只是出去一个星期呀!不用带这么多东西吧?"小岚看看房间里几个已经装得满满

的行李箱，有点不以为然。

"不多不多！"晓晴一边说一边展示她带的衣服，"你看，白天穿的行政装，晚宴穿的长裙，平时穿的休闲装，晨运穿的运动装；还分出席小场合的、出席大场合的……"

她又在地上东抓一把西抓一把，给小岚腾出了一条勉强可以落脚的路："小岚，快进来。你给我出点主意好不好，我正拿不准，究竟是带这条有蕾丝花边的白色连衣裙，还是这条绣了小碎花的紫色连衣裙。"

小岚没兴趣和乱糟糟的杂物在一起，她正要离开，隔壁房间传来晓星的喊叫："晓晴，晓晴姐姐！还有行李箱吗？给我拿一个来！"

晓晴嘟哝着："讨厌！"

她放下手里的东西，拿了一个空箱子，"嘟嘟嘟嘟"地拖到晓星房间。

小岚跟在她后面。

她看见了又一个杂货摊！晓星房间的地上除了衣服、鞋袜，更多的是各种各样的玩具，还有说不出名字的东西。

真不愧跟晓晴是两姐弟啊！

"谢谢姐姐！"晓星接过箱子，又对小岚说，"小岚姐姐，进来看看，我带了很多好东西呢！"

小岚从一个放得满满的箱子里拿出一样东西，那是一只怪手，是铁做的。她忍不住问："你带这怪东西干什么？"

见小岚嫌弃他的宝贝，晓星有点委屈地说："小岚姐姐，这不是怪东西，这是超级无敌机械手！"

晓星得意地拿起铁手作示范。只见他按了按上面一个按钮，就马上听到"咔嚓"一声，铁手的十个手指一屈，变成一个拳头："万一遇上海盗，我就给他一拳，让他有来无回！"

晓晴一听马上尖叫起来："海盗？！真的有可能遇上海盗吗？那太可怕了。"

小岚却是兴致勃勃的："我还没见过真正的海盗呢！我倒希望这次出海能遇上，要不出一趟远门，除了参加世界小姐决赛就没别的，那多乏味啊！"

"小岚姐姐，你和我所见略同呢！"晓星舞着铁手，"要真的碰上海盗，我见一个抓一个。"

晓晴捂住耳朵跑出房间:"天哪,我怎么跟两个疯子在一起!"

这时,小岚的电话响了。是茜茜公主打来的。

茜茜是胡鲁国的公主。早前小岚帮助胡鲁国侦破了"国王掉包"奇案,令差点成了孤儿的茜茜失而复得,找回了自己父亲。自此,她跟小岚成了最好最好的朋友。

茜茜对小岚又是崇拜又是依赖,平时有事没事就使用视频跟小岚见面聊天。大至她的国家发明了新型飞机,小至她养的小乌龟下了蛋,都跟小岚念叨半天。很多时候弄到小岚呵欠连天才肯罢休。

"小岚,怎么昨晚你没上Facebook,我一直找不到你呢!"电话那头传来的声音挺委屈的。

茜茜其实跟小岚年龄差不多,但在小岚面前,她总像个爱撒娇的小妹妹。

小岚说:"昨天晚上我去了孤儿院,给小朋友送玩具呢!"

"噢,那我原谅你了。"茜茜马上变得兴高采烈的,"小岚小岚,一想到明天就可以跟你见面,跟你一起玩,我就高兴得睡不着。好想太阳快点下山,快点升起来,我

好马上出发啊!"

小岚说:"急什么,我们有一个星期可以在一起呢!"

"怎么不急,我现在是多等一分钟都嫌长呢!"茜茜叽叽喳喳地说着,"我把快乐跟很多人分享,奶奶、爸爸、妈妈、叔叔、婶婶、照顾我的展霞,连哈大利和哈小利我也告诉了。"

哈大利和哈小利是茜茜养的两条狗。

小岚笑着说:"那它们有什么反应,一定很替你高兴。"

茜茜一本正经地说:"哈大利说'汪汪汪',我猜是'太好了'的意思;哈小利说'汪汪汪汪',我估计狗语言意思应是'玩开心点'……"

小岚打着哈哈说:"也许是'我也想去'呢!"

茜茜大叫起来:"啊,有可能呢,可怜的利利!可惜大会规定不许带宠物呢!"

茜茜替哈小利惋惜了半天之后,又神神秘秘地说:"猜猜我这次去旅行带了些什么?"

小岚想:还用猜吗,肯定比晓晴更夸张。她怕茜茜一

样一样地给她数,那就真是要命了,所以赶紧冲着电话打了个无比响亮的呵欠:"啊,好困啊!"

茜茜听了,紧张兮兮地说:"啊,小岚你困了吗?那你去睡好了。我不想你明天起不了床。误了上船,那我就见不到你了。"

小岚一听有如得了大赦,赶紧说了声"拜拜",就关上了电话。她生怕茜茜一高兴又重新撩起话题。

见到晓星和晓晴仍在热火朝天地收拾行李,小岚便回房去了。

赫然见到衣帽间放了十个行李箱。啊,谁放这里的?

小岚喊了一声:"玛亚!"

能干的女管家玛亚应声而来:"公主,有什么吩咐?"

小岚指着那十个行李箱问:"这是谁的?"

玛亚谦恭地说:"公主,是您的。里面是我给您收拾的,出席世界小姐决赛要用的衣服和日用品。"

"我的?!不是吧!"小岚吃了一惊,她平时出外旅行,都只是拖着一个小皮箱而已,"才出去一个星期,又不是搬家!里面都放了什么东西?"

"衣服五十套,鞋子三十双,首饰……"

"停停停!"小岚十分吃惊,"不是吧!我一个人,用得着这么多吗?"

玛亚温顺地微笑着:"公主,不多了。上午穿一套,下午穿一套,晚宴时一套,每天都不能重复;还有接见不同国家客人时不同的衣服,比赛当晚穿的盛装;还有披风、睡衣、休闲服……五十套真的不算多。这是礼仪局的娜娜局长给您安排的,原先还远不止这个数呢,我知道您不喜欢排场,已替您减了一部分。您向来衣服不多,我还特地给您买了新的……"

小岚想,天哪,太铺张浪费,太不环保了!

她斩钉截铁地说:"玛亚,你替我重新收拾行李。你听着,衣服不超过十五套,鞋子不超过五双,还有……"

玛亚听小岚说完,为难地说:"这……公主,这次跟您平常自己出门旅行不同,您是担任世界公主评判。娜娜局长说,关系到国家形象……"

身后响起一个温和的声音:"玛亚,你就按小岚说的做吧!"

小岚和玛亚扭头一看,来人英俊不凡、气宇轩昂,原来是万卡国王。

第一公主

年轻国王带着一脸欣赏，笑意盈盈地看着小岚。

玛亚不敢仰视，俯身答了一声："是，国王。"

小岚朝万卡扮了个鬼脸："知我者，万卡也。"又笑说："你不怕别国那些打扮得花枝招展的公主把我比下去吗？"

万卡拉着小岚的手走出了衣帽间，他说："我才不担心呢！我的小岚公主，不管穿什么，肯定都是最美丽的一个。"

小岚脸有点发红，她轻轻捶了万卡一拳："让晓星教坏了。油腔滑调！"

万卡哈哈大笑。

年纪轻轻的他，肩负着统治一个国家的重担，日理万机，辛苦是不足为外人道的。作为一国之君，平日也是一脸严肃、少年老成。只有在小岚面前，他可以放松自己，可以随便笑、随便说话，可以展示他的真性情。

万卡扭头看看小岚，笑着问："我午饭后来找过你，你上哪儿玩去了，手机都没带。"

小岚挤挤眼睛，说："我不告诉你。"

万卡眯着眼睛打量着小岚："不告诉我我也知道，你

这小顽皮又去爬树摘石榴了。"

小岚惊讶地说:"哇,你怎么知道的?"

万卡伸手从她头发上取下一片绿叶子:"看,这石榴叶子就是犯案证据。"

小岚嘻嘻地笑了起来:"国王陛下,你将来不当国王了,可以去做侦探。"

万卡伸手弹了弹她小巧的鼻子,说:"不敢不敢,我只是跟小岚大侦探你学了一招半式罢了。"

"你不说我还差点忘了请你吃石榴。"小岚拉着万卡走进客厅,"我给你留了两个大的。晓星一直对它们虎视眈眈的,我誓死捍卫才保住了呢!"

万卡笑呵呵地说:"小岚,你好厉害啊,竟然能够从那馋猫嘴里留下吃的!"

"你知道就好。你得仔细品尝哦!"小岚把洗干净的石榴递给万卡。

万卡接过,张嘴咬了一大口,一边吃一边说:"嗯,好吃,好吃!"

小岚笑眯眯地看着他的吃相,心里直乐。

这时,侍女送当日晚报来了。万卡夸奖说:"我们的

第一公主

小岚公主真是关心国家大事。"

小岚得意地说:"不光是国家大事,还有世界大事呢!"她指着报纸头版大叫起来,"啊,你看,阿达抓到了!"

只见那头条新闻用大大的粗体字写着:"五国反恐部队联手缉凶,恐怖组织头目阿达落网!"

阿达两年前在几个国家策动恐怖袭击,包括剧院炸弹事件、地铁毒气事件,等等,令许多无辜百姓惨死。藏匿两年之后,终于落入反恐部队手中。

小岚感慨地说:"真是'天网恢恢,疏而不漏'啊!做了坏事的人,不管逃到哪里,都逃不过正义的力量。五国联手,看看是哪五国?胡陶国、萝莉国、神马国、胡鲁国、英之国。咦,怎么没有乌莎努尔呀?做这样正义的事情,怎可以缺了我们!"

万卡一直笑眯眯地看着小岚说话,听到小岚问,便说:"我们有参与呀!阿达藏身地点是我们的情报人员探听到的,也是我秘密通知五国首领的。只是因为那藏身的地方离我们远了点,所以就由这五个国家的反恐部队出动,把阿达抓了。"

"原来是这样。"小岚继续读着报纸,"……阿达现

在被关押在一个秘密地点。由于阿达策动的恐怖事件涉及多个国家，对全世界造成危害，所以，阿达应会在近日内移交正平国际法庭审讯……"

"把阿达送正平国际法庭受审，这很应该啊！"小岚放下报纸，跟万卡讨论，"我觉得阿达是全世界的公敌，交由国际法庭审判，是最公平公正的做法。"

"很对。"万卡点点头表示赞同，又说，"不过，这件事情可能没那么顺利。因为贾虚国已经向五国施压，要求把阿达交给他们处理。"

贾虚国和乌莎努尔一样，都是世界上举足轻重的大国。但贾虚国和乌莎努尔也有不一样的地方，乌沙努尔从不仗势欺人，而贾虚国却常常仗着自己拥有强大的军队和经济实力，凌驾于其他国家之上。

小岚有点气愤，她说："这贾虚国也太霸道了。阿达为什么要交由他们国家审理呢，真没道理！"

万卡告诉小岚说："这是贾虚国总统奥朗的私心。奥朗曾向全世界作出保证，向贾虚国人民作出保证，承诺一定要捉到阿达，把他绳之以法。但是两年过去了，他们却一直没法找到阿达的踪迹。而最近碰上总统换届，奥朗正

发愁任内没有什么重大政绩，担心无法战胜他强大的竞争对手贝伯。所以这次五国捉到阿达，正是他贪天之功为己有、争取连任的最好机会，所以他第一时间就向五国要人。"

"奥朗为达到自己个人目的，竟要违反国际规定，真过分！"小岚直摇头。

"是啊！"万卡皱着眉头说，"我担心五国根本无法与他抗衡，最终要把阿达交给他们。听说奥朗已打算利用抓获阿达这件事，搞些大型活动，以壮自己声势。"

"这人真是厚颜无耻！"小岚最鄙视这种人了。

两人边读报边讨论时事，不知不觉已经很晚了。

"你明天要早起，早点睡吧！"万卡温柔地看着小岚，抱歉地说，"明天上午有几个外国来使要见，我不能给你送行，也不能陪你去玫瑰岛，真对不起。"

小岚头一歪，调皮地说："不用对不起，满足我一个小愿望便行了。"

"啊，太好了，你有什么愿望，尽管说！"万卡好像有点求之不得的样子。满足小岚的愿望，让小岚开心，是他最乐意做的事呢！

小岚说:"等我从玫瑰岛回来,你带我去莞香山打猎!"

万卡忙不迭地点着头:"好好好!我到时送你一支打猎用的微型麻醉枪,那是开明国国王送给我的。它能自动瞄准,百发百中。"

"噢,好玩好玩!我们一言为定。来,我们拉钩。"小岚拉起万卡的手,用自己的小指头去钩万卡的小指头,"拉钩上吊,一百年不许变!"

第2章
公主要出门

长乐国的乐渔码头经历了自建成以来最辉煌最热闹的一天。

不同国籍的飞机升升降降,把参赛公主送来这里。各种型号的名车排得望不到头,几百名传媒记者像蜜蜂闻到花香一样蜂拥而至……

岸边停靠着一艘小邮轮,邮轮不大但很豪华。再过半小时,邮轮就会起航,把参赛公主们送往风光旖旎的玫瑰岛。几天后的世界公主决赛就在玫瑰岛的海滩举行,到时蓝天碧海为景,绿树黄沙相衬,二十名公主载歌载舞各显美态,必定美不可言。

第一公主

晓星和晓晴十分兴奋,他们的眼睛都滴溜溜地转着,像只小猎犬一样,搜索着自己感兴趣的事物。

晓晴的眼睛一直盯着公主们的衣着打扮,嘴里不住地评论着:"那位穿黄衣服的太俗,那女孩的裙子大红大紫的,太夸张了吧!哎,那长头发的女孩不错哦,衣着高贵大方,品位跟我很接近……"

晓星对被"铁马"拦在十米远、正在忙着拍摄公主们美态的摄制队很感兴趣。这家伙最近迷上了拍短片,常常拍些莫名其妙谁也看不懂的东西上载互联网。

小岚一下飞机就被飞扑过来的茜茜抱住了,两个好朋友哇哇叫着跳啊跳的。

"小岚,我说你不应该当评判,应该参加选美。要是你也参加,'世界公主'你拿定了!"茜茜亲切地搂着小岚的肩膀。

小岚笑着说:"算了吧,这机会让给你好了。还是当我的评判好,悠闲自在,没有一点压力。"

茜茜听了很高兴:"让给我?那你是说,我有可能当上世界公主?"

小岚伸手捏捏她的脸蛋:"当然!看这张小脸多么漂亮!"

也许女孩子都喜欢被人称赞,茜茜开心得嘻嘻直乐。

小岚正和茜茜闲聊,忽然听到附近有说话声。

"爸爸,我还是觉得不请保镖随行很不妥,万一半路遇上恐怖分子呀海盗呀什么的,那怎么办!"

顺着声音看过去,见到在距离五六米处,有一男一女两个欧洲人在说话。那被唤作爸爸的男人看上去大约六十多岁,头发白得像顶了一头雪。跟他说话的是一位身材苗条的年轻女子,她金发碧眼,身穿行政套装,像是大会的工作人员。

"哪里有这么多恐怖分子。你没看到报纸吗?恐怖分子头目阿达已经被捉拿归案了。"那男人显得满不在乎的,"安娜,你别杞人忧天了。就那么大半天的海上航程嘛,很快就到了。到了玫瑰岛,当地会派一支一百人的队伍负责保护呢,担心什么!再说,我们已经没有经费请保镖了。"

年轻女子仍固执地说:"我记得选美经费里有一笔钱是专门用来请保安员的,那笔钱足可以请几十个很专业的保镖呢!……"

男人不耐烦地说:"我的宝贝女儿,你知不知道,建造那个世界上最美的舞台,经费已经大大超出预算,如果

不在别的地方省点，哪有这么多钱？"

年轻女子很执着："爸爸，我觉得安全比选美更重要……"

男人有点生气了："你……"

小岚怕那年轻女子挨骂，急中生智大声咳了一下。

果然把那两个人的视线引来了。

男人朝年轻女子说了几句什么，两人一起朝小岚她们急步走过来。

那男人朝小岚和茜茜两人鞠了个九十度的躬："小岚公主，茜茜公主，你们好！"

小岚抬眼看着他，微笑说："你好！请问先生是……"

"我是这次选美活动的负责人史密斯。"他又介绍旁边的年轻女子，"她是我的副手安娜。"

小岚"噢"了一声，把手伸给他："史密斯先生，辛苦了！"

史密斯恭恭敬敬地说："不辛苦不辛苦，能担此重任，是我最大的光荣呢！"

小岚又向安娜伸出手："你好！"

安娜跟她握了握手，微笑说："公主殿下好！"

史密斯因为要处理其他事情，便让安娜把两位公主带

上船。临离开时又朝小岚和茜茜鞠了一个九十度的躬。

安娜安排了两间有露台的大套房给两位公主,两个套房是毗邻的,这让茜茜很高兴。

"马上要开船了,我要到外面照看一下。两位公主有什么需要,可随时按这门上的铃,一分钟内我们的工作人员就会来到为您服务。"安娜说。

小岚对安娜说:"我们还有两位要好的朋友,胡陶国的美姬公主和素姬公主,能把我们旁边的房间留给她们吗?"

"没问题,我给她们留着。"安娜说完鞠了个躬,退出房外。

小岚见到安娜一直有点闷闷不乐的,便追了出去,安慰她说:"安娜,你别不开心,你已尽到责任了。"

安娜知道小岚听到了刚才她和父亲的谈话,便说:"谢谢小岚公主。我明白爸爸的心意,他是艺术家,一辈子追求完美。这次世界公主选美决赛,他很不容易才争取到了主办权,他希望搞一个最美的选美活动,作为他退休前一个辉煌的落幕。他花了很多心血筹备,尤其在舞台的设计上花了很多心血很多钱,力求新颖完美。但别的可以减,保安费用不能减啊,二十个国家的公主在船上,全都是金枝玉叶,万一出了事,那怎么跟这些国家交代。"

小岚安慰安娜说:"现在再改变也来不及了,你还是放宽心,我想没问题的,公主们一定能平安到达玫瑰岛。你可以把我当做朋友,有什么事,你可以找我帮忙,我们一同去解决问题。"

安娜听了很感动,一个无比尊贵的大国公主,竟可以跟一个小小百姓真诚相对。她说:"谢谢小岚公主。我很荣幸成为您的朋友。如果遇到困难,我一定会第一时间找您帮忙的!"

安娜这边刚离开,晓星咋咋呼呼地冲了出来,一把抓住小岚的手:"小岚姐姐,船要起航喽,我们快到甲板上去!"

晓晴响应号召跑出来了,隔壁房间的茜茜也跑出来了。一行人走到甲板上,扶着铁围栏饶有兴趣地看着。

广播催促还没上船的乘客马上登船,一时间告别声不绝于耳。一些未出过门的娇生惯养的公主,竟然跟送行的亲友哭哭啼啼的。

晓星一脸的瞧不起:"太丢人了,年龄比我还大呢,还哭鼻子!"

小岚几个人瞧着那几个哭哭啼啼的公主直乐,突然有人从后面一把搂住小岚:"小岚,小岚,可找到你了!"

小岚回头一看,啊,正是胡陶国的两位公主——美姬

和素姬呢!

　　看过《公主河的秘密》故事的读者，一定记得这两姐妹。不久前，小岚以超人的智慧和勇敢，制止了胡陶国跟邻国的一场战争，救了她们两姐妹，还为她们挽回失去了的感情。所以，她们和小岚之间的友情可不一般呢!

　　难怪美姬和素姬一见到小岚，便把公主的矜持丢在一边，抱着小岚又是哭又是笑的。

　　只是被冷落在一边的茜茜有点吃醋了，直到小岚拉着美姬和素姬走到她面前，介绍说，茜茜也是她最要好的朋友，她才转嗔为喜。

　　"呜——"汽笛长鸣，要开船了。

　　听到汽笛响，大家"呼"地一下全跑到铁栏边，朝码头上的人挥手。

　　这时候，一男一女两个穿着白长袍戴着口罩的人飞奔而来，正要关闸的工作人员赶紧停住手，匆匆替他们验了票，让他们上了船。

　　"呜——"船开了。

　　"我知道，他们一定是随船的医生和护士!"晓星看完热闹，说，"哇，好险，差一点点上不了船了。"

第3章
大战"嚣张姐"

小邮轮在海上平稳地走着。小岚住的房间挤满了人，大家天南地北地聊了好一会儿，又看晓星表演了一会儿"机械手"，之后便都跑到甲板上去看风景。

蓝天碧海，空气十分清新，大家迎着阵阵凉风，看海浪涌，看海鸥飞，觉得十分惬意。站累了，便在甲板上找了一处舒适的地方坐下来。在甲板上巡视的安娜见了，忙吩咐工作人员送来精美的茶点，给他们放在小茶几上。

晓星一见美食便两眼放光芒，招呼众位姐姐："吃呀吃呀，不用客气！"

他首先以身作则，抓起一块点心塞进嘴里。

三位要参赛的公主因为要保持美好身段,都不敢吃甜食,小岚和晓晴也只是浅尝辄止,于是馋嘴的晓星如蝗虫般把点心一扫而光。

茜茜和美姬姐妹瞠目结舌地看着晓星表演大胃王"绝活"。天真的素姬起初还以为晓星是在表演魔术呢,她不相信一个人的肚子怎可能装进那么多东西。等她在桌子下面找来找去找不到哪怕一点饼屑,才相信了晓星绝无半点造假成分,东西全进他肚子里去了,不禁大叫佩服。

这时候不知有谁在大声叫喊:"快来看,到秋海湾了!"

秋海湾是这一带著名景点,在离岸十来米处的海上,屹立着许许多多几十米高的礁石,足有四五十座之多。这些礁石造型都十分奇特。

房间里的公主全都跑出来了,小岚和一帮朋友也走近船舷,兴致勃勃地看着。

"啊,看,猴子山!"晓星开心地指着一座礁石。

大家一看,果然,那礁石上有着大大小小的石块,很像一只只形态各异的猴子。

旁边的公主们也叽叽喳喳地议论着,喊着:"那座很像灯塔呢!"

第一公主

"看，那像不像巨型莲花！"

"马，那块礁石真像一匹骏马！"

直到船渐渐远离秋海湾，公主们才意犹未尽地离开船舷，三三两两地在甲板上找地方坐下。

晓星跑回房间拿来一副飞行棋："小岚姐姐，我们玩飞行棋！"

小岚见到安娜站在不远处朝这边微笑，便说了声："你们先玩吧！"就起身朝安娜走过去。

安娜朝小岚鞠躬："小岚公主！"

小岚微笑着说："不必这么客气，每次见到都要鞠躬行礼，那多拘谨啊！还有，你叫我小岚好了。"

安娜抿着嘴笑："这我可不敢，让我爸爸听到，会把我骂死。"

小岚想起史密斯先生那九十度的鞠躬，不禁也笑了。她又对安娜说："自开船到现在，都见到你一直在船上巡来巡去，你去休息一下吧！"

安娜说："谢谢公主关心。我不累，再说我也不放心，船上有二十位公主，不容有失呢！幸亏大会主礼嘉宾和评判们过两天才进岛，我压力小一点。"

小岚是因为茜茜和素姬姐妹想早点跟她见面，吵着要她早点进岛,她才今天上船的。

小岚明白安娜的意思,因为这次主礼嘉宾是联合国和平协会秘书长安阳,他的安全非常重要。

小岚突然想起什么:"你爸爸呢?好像上船以后就没见过他。"

安娜说:"他没上这只船,他会坐运送舞台装置的货轮。对那些装置,他紧张得很呢!一定要亲自运送。"

工作人员露西匆匆地走过来,对安娜说:"斯医生想要参赛公主名单,他说要替她们安排营养餐单。"

安娜从口袋里掏出一只USB,交给露西:"九号档案便是公主名单。你可列印一份给他。"

"是。"女孩拿着USB离开了。

小岚跟安娜正说着话,忽然听到附近传来很刺耳很霸道的说话声:"论美貌,论智慧,你以为还有谁能比得过我吗?"

小岚跟安娜循声看去,只见几位公主在不远处说着话。发出刚才那个刺耳的声音的,是一个穿黄色运动服的女孩。她长得很漂亮,可惜那不可一世的神情和口气,令人很讨厌。

安娜告诉小岚:"她是神马国公主莎莎。神马国去年发现

了新油田，靠卖石油挣了很多钱，是不折不扣的暴发户。"

小岚想，这女孩真肤浅，有钱很了不起吗？值得如此嚣张。

又听到莎莎身旁一个短发女孩说："胡陶国两个公主都长得相当美呢！"

莎莎撇撇嘴："她们能跟我比吗？哼，连我小指头都比不上！她们的国家穷得要命，没我们强大，没我们有钱，她们也没我美，纯粹是来陪跑罢了。"

正在玩飞行棋的那几个女孩子都停了手，想是也听到莎莎的话了。

"太过分了！"茜茜站了起来，看样子准备跟莎莎理论。

美姬拉着她，劝阻说："茜茜，别去！这样没修养的人，理她干吗，我们玩我们的。"

茜茜甩开美姬的手："不行，我得去教训她。她们国家只不过比别人多了几个小钱，有什么了不起！竟然在这里说三道四，贬低我的朋友！"

茜茜跑到莎莎身边，怒气冲冲地瞪着她："你刚才说什么，你再说一遍！"

莎莎挑衅地看着茜茜，不屑地说："又不是说你，关你什么事！"

茜茜丝毫不让:"你在说我的朋友,这比说我还糟!"

莎莎咄咄逼人:"我说她们是来陪跑的,怎么样?说错了吗?她们本来就比不过我!"

茜茜气坏了,大声说:"你有什么了不起,你连美姬素姬的小脚趾都不如。不,是连她们的小脚趾的趾甲都不如……"

"你……"莎莎气得嘴唇发抖,正要回击。

小岚赶紧走过去:"别吵了。吵吵闹闹的,不怕丢了你们国家的脸吗!"

莎莎瞟了小岚一眼,抬高声音说:"又一个管闲事的来了。你有什么资格教训我。"

旁边的短发公主拉拉她衣服,小声说:"她是这次的评判小岚公主……"

"啊,小……"莎莎吓了一跳。

乌莎努尔公主马小岚,名字在公主群中可是响当当的,她可得罪不得啊!何况,她是选美评判,能否夺冠,她的一票十分关键。

莎莎只觉得自己一下子矮了半截。

小岚冷冷地说:"选美靠的是个人实力,不是靠有钱没钱。明白吗?"

莎莎满脸通红,小声应道:"明白。"说完,急急跑回自己房间了。

"噢噢噢,'嚣张姐'夹着尾巴逃跑了!"晓星拍起掌来。

茜茜大笑着:"嚣张姐?哈,晓星真逗!"

大家都笑了起来。

小岚走过去:"刚才谁输了?到我玩了!"

第4章
恐怖分子登船

船已经走了大半路程,再过几个小时,就可以到达玫瑰岛了。大家都走到船舷边,眺望着远远冒出海平线的那个小岛屿,兴奋地谈论着。

安娜紧张的情绪好像也开始松弛下来了。

突然,露西匆匆走来,对安娜说:"安娜小姐,出事了!"

安娜一惊:"什么事?"

露西神情紧张:"斯医生让我告诉你,善善国公主发烧,斯医生怀疑她是患了特型流感。"

安娜吓了一跳。特型流感虽不致夺命,但却令人高烧

咳嗽,神志不清。最要命的是这种病传染性极高,要是在公主中间蔓延,那这次选美就得取消了。她急忙问:"斯医生能控制吗?"

露西说:"他说现在最要紧的是看看船上有没有人受到感染,如发现就得马上隔离。斯医生请你发通知,把船上的人召集到会议室,他要给所有人做检查。"

安娜急忙说:"好的好的,我马上去广播室发通知,让所有人到会议室集合。"

除了负责开船的船长、大副和几名船员留在驾驶室,船上所有人都很快到了会议室。参赛的公主、选美工作人员、船员,七十多人把会议室挤得满满的。

安娜怕引起恐慌,没有讲明集合原因,所以大家都在兴致勃勃地猜测着。

晓星的嗓门最大了:"一定是宣布登岛时的事情。我猜这时玫瑰岛海滩上一定站满了欢迎的人群。传媒记者已准备好照相机和摄录机,准备我们一靠岸就'咔嚓咔嚓'地拍照;许多土著穿着用树叶做的衣服,背着手鼓,在蹦呀跳呀的……"

晓星说着,调皮地在会议室的讲台上乱跳起来,引起一阵哄笑。连不久前被小岚训了两句的莎莎也都笑得前仰后合。

这时，会议室的门被人推开了，露西带着两个人走了进来。他们是穿着白色长袍戴着口罩的斯医生和一名女护士。

露西对安娜说："安娜小姐，斯医生来了。"

斯医生问安娜："人都到齐了吗？"

安娜看着斯医生，回答说："除了驾驶室里的几位，都到齐了……"

安娜心里突然涌上了一阵不安，她觉得有点不对劲。

这两名医生护士是她聘请的。她曾跟斯医生面谈过，确定斯医生是一位既专业又和善的人以后，才决定聘用的。

虽然他们戴着口罩看不清面容，但安娜还是看出了问题。一周前见过面的斯医生有点秃顶，但眼前的斯医生却头发浓密。他们不是一个人！

还没等安娜作出什么反应，那"斯医生"已撩开阔大的医生袍，从里面拿出一支冲锋枪，指着人群猛喊一声："不许动！"

几乎是同时，那个女护士也从身上取出一支手枪，对准人们。

正在得意地蹦跳着的晓星，停留在一个很可笑的动作上，一动不敢动。公主们脸上的笑容凝固成古怪的表情。

会议室里死一般静寂。

"啊！"不知是哪个女孩先发出一声恐惧的叫声，像会传染一样，屋里此起彼伏一片尖叫。

"别吵，谁吵我就毙了谁！""斯医生"凶狠地用枪指着一个正在拼命尖叫的公主。

那公主吓得脸色煞白，大张着嘴，却再也发不出一点儿声音。

会议室里又再死寂。

小岚被眼前的情景吓了一跳，难道真的碰上海盗了？

她紧张地想：要不要反抗？看了看那两人手中的枪，都是目前世界上杀伤力最大的武器，即使动作再快，也快不过那里面射出的子弹。

唯有静观其变，看看他们究竟想干什么。

安娜面对突然变故，表现得十分勇敢，她大声问："你们究竟是什么人，冒充医生护士想要干什么？"

那男人冷笑一声："哼，可惜你眼力还是差了点，没有在登船时把我们认出来。而你们的船员竟然匆忙中没有看我们的身份证明文件。"

安娜明白了。他们是故意迟到的，故意在开船前一秒才赶来的，为的就是利用混乱逃过闸口检票员的身份验

证。都怪自己太大意了！

她想起了之前见过的那个和善的医生，禁不住问："你们把斯医生怎样了？"

那男人说："他被关在一间隐蔽的地下室。你放心，等到我们任务完成后，自然会放他出来的。"

安娜很愤怒："你们究竟想干什么？我们这不是商船，没有东西可抢。"

有个船员也大声说："是呀，我们船上只是一些要去选美的女孩子。为什么要欺负她们呢！"

男人赶紧用枪指着那个船员，说："别着急，我们要干什么，你们很快就会知道的。不过，我首先警告你们，不要尝试反抗。我们已经在船上安放了两个遥控炸弹。"

男人说着，用手指指向挂在腰间的一个黑匣子："看，这就是遥控器，只要我伸出手指轻轻一按，炸弹就会爆炸，咱们一起玉石俱焚。"

人们不再吭声，免得激怒这些亡命之徒。

男人又从口袋里拿出一张阿达的照片，高高举起："听着，我们不是海盗，我们是阿达战士！我们行不改姓，坐不改名，我叫阿拉比，她叫姬玛。"

阿达战士？

恐怖分子登船

有女孩恐怖地"啊"了一声，随即又捂住了嘴巴。一阵比刚才更强烈的恐惧在会议室内蔓延。

小岚知道事态严重。阿达战士就是阿达恐怖组织的人。正是这些人，用残忍手段制造了多次恐怖袭击，令许多人无辜惨死。

他们的头目已经落网，这两人劫持船只，究竟想干什么？

阿拉比扫视了一下会议室里的人们，说："知道我们是谁了吧，接下来，你们要乖乖地按我说的去做。要是反抗，你们知道会是怎样的下场。"

他朝身旁手持武器一直没出声的姬玛说："把参赛公主的名单拿出来。"

安娜心里后悔得要命。他们之前来拿名单，原来是有目的的。

姬玛警惕地扫视了人们一眼，一只手仍握枪对准人群，另一只手从口袋里拿出一张纸。

阿拉比说："下面读到名字的六个人站出来。"

几个胆小的女孩开始发抖。太吓人了，谁也不想被这些杀人不眨眼的魔鬼点到名字。

姬玛看着名单念道："萝莉国公主胡追追。"

第一公主

没有人出来。

姬玛又喊了一次:"萝莉国公主胡追追。"

还是没有人出来。小岚用眼的余光看到离她不远处,那身材瘦小的胡追追脸色煞白,好像快要昏倒了。

她会惹恼匪徒的。小岚担心极了。

阿拉比见没有人出来,一伸手,把离他最近的安娜抓住了。他用膝盖一顶,逼安娜跪倒在地上,然后把枪指着她的脑袋,吼着:"再不出来,我就打死她。"

胡追追一见吓得尖叫起来:"别,别杀她,我出来,我出来!"

她显然腿在发软,很困难地挪着脚步,慢慢走到人群前面。

阿拉比仍然用枪对准安娜,喊道:"姬玛,继续念!"

人们惊恐地看着姬玛的嘴,生怕她念出自己的名字。

姬玛看了看名单,念道:"神马国公主莎莎。"

莎莎一愣,犹豫了一下,然后慢慢走了出去,站在胡追追身旁。胡追追好像抓住救命稻草一样,一把抓住莎莎的手。两人互相依偎着,不知等待她们的命运是什么。

姬玛继续念名字:"胡陶国公主美姬、素姬!"

小岚心里一沉。

她明白匪徒叫六个人出来的目的是什么了。接下来的应是胡鲁国的公主茜茜，还有英之国的公主杞子。

她们是联手抓到阿达的那五个国家的公主。

这些人是来报复的。为他们主子阿达的被抓而报复那五个国家。

他们会怎样对待这六位公主？小岚担心得一颗心吊上了嗓子眼。

美姬和素姬听到念她们名字时都愣了愣，但她们真是好勇敢，马上毫不迟疑地手拉手走了出去。她们不想安娜有危险。临走出去前，她们都不约而同看了小岚一眼，那充满恐惧和忧心的眼神，令小岚很难受。

接下来果然是念了茜茜的名字。茜茜一点都不害怕，她昂首阔步地走了出去，边走还边用眼睛狠狠地瞪着那两个匪徒。

最后念的，果然如小岚估计的，是英之国的杞子。

但没有人从人群走出来。姬玛又念了一次，还是没有。

阿拉比发怒了，他把枪抵在安娜后脑，如鹰隼般犀利的眼睛把人群扫视了一会儿，吼道："杞子，谁是杞子？！别以为躲着就可以平安无事。你再不出来，我就先杀了这个女子，然后一分钟杀一个人，你最后也难逃一死！"

小岚看着那人凶狠的眼神,知道他真会开枪杀人,不禁为安娜捏一把汗。

杞子呢?杞子在哪儿?怎可以见死不救!

小岚感觉到身后有人在颤抖,她用眼尾的余光朝后面看去,那人正是英之国的杞子。她蹲在地上,试图利用前面的人挡住绑匪的视线。

小岚很生气,这人太自私了!她忍不住提起脚,朝后面踢了一脚。这是提醒和警告。要杞子赶紧出去。

没想到后面的杞子往下一缩,躲得更彻底了。

看样子,她是不会主动走出去的了。

小岚看着被枪指着的安娜,心里担心极了。阿达组织的人可不是善男信女,他是绝对可能开枪打死安娜的。怎么办?!

按眼前的情形,反抗是没可能的了,匪徒的子弹绝对比她的动作快。

阿拉比见到还是没有人走出来,生气了,他说:"我数三下,再不出来,我就开枪!一……二……"

"住手!我就是杞子!"小岚大喊一声,她拨开人群,走了出去。

认识小岚的人,见到她顶替杞子令自己陷入险境,都大吃一惊。晓星还试图把她拉住,但被小岚甩开了。

小岚毫无惧色,走到阿拉比面前站定,冷冷地直视着他。

大概是由于阿拉比的眼神太犀利,所以从来都没有人敢这样跟他对视吧。阿拉比没想到眼前一个看上去弱弱的女孩,竟然毫不畏惧地瞪着自己,他竟有点慌乱地把目光移开了。

他好像有点恼羞成怒,朝人群大声吼道:"余下的人就乖乖留在这房间里。别企图打电话求救,这船上所有通信设备都被破坏了,连电话网络也被干扰了,你们的手机已统统不能用。"

说完,他一把推开安娜,又对着六位公主吆喝着:"跟我走!"

姬玛挥挥手枪,喊道:"走!"

小岚回头望了一眼,见到晓晴满脸泪水。晓星的嘴巴在动却是无声的,小岚从他口形看出他在不断地喊着:"小岚姐姐,小岚姐姐……"

安娜捏紧拳头,向前跨了一步,看样子是想跟匪徒拼一场。小岚赶紧用眼神制止她,不可妄动。

安娜悲哀地站定,目送着她们。

小岚回眸一笑,用眼睛传递心声:放心,我们会没事的!

她挽着茜茜的手大步走出了会议室。其实她之所以顶替杞子,除了救安娜之外,还有一个目的,就是混在这五位公主里,想办法帮助和保护她们。

天下事难不倒马小岚!就不信斗不赢你们两个匪徒。

会议室里的人眼睁睁地看着六名女孩被匪徒押走,却无法反抗。阿达战士出了名的残忍,他们不敢冒险。

第5章
六个公主和两个绑匪

　　黑布蒙眼,双手被捆绑,小岚她们被押上了另外一只船。

　　接着在海上航行,不知道具体时间,只觉得十分漫长。后来又被推上岸,步行了一段时间,终于停了下来。

　　一只手粗鲁地扯下了小岚的蒙眼黑布。她不习惯地眯起眼睛,过了一会儿,才勉强适应。

　　眼前除了树还是树,许许多多的树。除了六个公主和两个绑匪,极目远望,看不到一个人、一间屋。她们身处一片森林中。

　　阿拉比和姬玛不知什么时候已脱掉口罩,换上了一个

第一公主

黑色的头罩,只露出两只眼睛,还有嘴巴鼻孔。

阿拉比挥着枪,驱赶着公主们走到一棵大树下,让她们坐下来。又粗声粗气地说:"你们听着。你们最好乖乖地待在这里,不要想着逃跑,这里是一个远离陆地的小岛,你们跑不了的。"

他说完,和姬玛一起扛着一些通信器材,到一边架设去了。

公主们围成一圈,小声说话。

茜茜气呼呼地说:"该死的绑匪,干吗绑架我们。"

小岚看着她,提醒说:"你还不明白吗?你想想你们国家刚刚做了一件什么了不起的大事。"

素姬脑筋最快:"啊,我明白了,是我们五个国家联手抓住阿达的!"

公主们马上恍然大悟:阿达战士在对五国采取报复行动。

公主们都很害怕。阿达组织的人向来以残忍出名,无辜百姓都可以任意杀害,现在她们的父王抓了他们的领袖,不知道他们会采取怎样的疯狂报复行动呢!

胡追追嘴唇颤抖,眼里满是恐惧:"他……他会杀我们吗?"

六个公主和两个绑匪

小岚安慰说:"不会。如果要杀我们,早就杀了。何必大费周折把我们掳到这里。大家不要怕,不要自乱阵脚。"

她扭头看看爬上爬下正忙着的两个匪徒,说:"看样子他们在架设通信器材,准备和外界联络。我们先看看他们下一步想干什么,再随机应变。"

"嗯!"大家都愿意听她的。

夜幕很快降临,阿拉比和姬玛忙完他们的事回来了,还捡来了一大堆树枝。姬玛点起了一堆篝火,火光中,可以看到新架设的卫星转播用的器材。阿拉比持枪,笔直地站在火堆旁边,黑衣黑鞋黑色头套,在火光中看去分外恐怖。

阿拉比喝令公主们在火堆旁排成一列。

姬玛把枪背在身上,拿起了摄像机,镜头对准公主们。

镜头前可怜的公主们,双手被反绑在背后,被阿拉比用枪指着,就像一群待宰的小羔羊。

姬玛开始拍摄。

阿拉比望着镜头,大声喊道:"我们是阿达战士!我们永远忠于阿达!忠于阿达!"

接着,阿拉比用低沉的声音说:"胡陶国、萝莉国、神马国、胡鲁国、英之国,你们的国王听着,我们的领袖

阿达不幸被你们所捉,现在,我们以牙还牙,捉了你们的公主。要想你们的公主活命,就放了阿达领袖。否则,她们别想活命回家。"

姬玛把镜头对着公主们,画外音是阿拉比恶狠狠的声音:"睁大眼睛看看你们的宝贝女儿:胡陶国公主美姬、素姬,萝莉国公主胡追追,神马国公主莎莎,胡鲁国公主茜茜,英之国公主杞子。"

姬玛镜头一转,又转回阿拉比的脸,阿拉比直望镜头说:"听着,我要你们放了阿达领袖,并提供一架小型飞机,由他自己驾驶离开。明天上午八点三十分之前,我们要听到阿达亲自跟我们说,他已经被释放了。他到达安全地带之后,我们就会放了你们的公主。要是明天上午八点三十分还没收到有关信息,我就杀一个公主。半小时后再收不到信息,再杀一个,直到收到信息为止。"

阿拉比最后来了个立正,高声说:"我是阿达战士,我永远忠于阿达!"

姬玛放下了摄像机。

阿拉比朝公主们说:"现在,你们祈求你们的老爸好好配合,把阿达领袖放了,要不然,你们别想活着回家!"

素姬和胡追追吓得哇一声哭了,其他女孩也都脸色苍

白，身体在发抖。

小岚虽然仍保持镇定，但内心也在颤抖，可恶的恐怖分子，竟然使出这样恶毒的手法，胁迫五国放人。恐怖分子做事向来残忍，如果在明天早上八点半前想不到更好的解决办法，恐怖分子真的会大开杀戒的。

阿达是个极端危险的人物，好不容易把他捉拿归案，怎可以再放虎归山！

阿达不能放，六个公主也不能死。这是小岚给自己下的命令。

两个绑匪把她们赶回大树下，又把她们的脚也绑上了，然后两人在相距五六米远的另一棵大树下坐了下来，小声商量着什么。

胡追追挨着小岚坐着，浑身打战："小岚，我很害怕！希望父王他们赶快放了阿达，来交换我们。"

素姬拉着她姐姐美姬的手，哭着说："我想回家，我想回家！"

美姬满脸惊惶，但仍然温柔地安慰着妹妹："别哭别哭，我们会没事的。"

莎莎鼓着两腮，用脚后跟一下一下地顿着地，好像在跟谁生气似的。

第一公主

一直没吭声的茜茜突然说:"你们有没有想过,阿达已经害了很多人了,要是他重获自由,会有更多人死的!"

在场的人都沉默了,大家都知道茜茜说得很对。

茜茜又说:"说真的,如果要放了阿达我们才能活,我宁愿死!"

"茜茜,好公主,你真勇敢!"小岚朝茜茜点点头,"但是,我们面前并非只有两条路可走,我们还有一条路,就是自救!"

"自救?"莎莎提议说,"不如反抗吧!他们只有两个人,我们有六个人。我们设法解开绳索,然后一齐冲向他们,有的抱手,有的抱脚,按住他们,抢他们的枪!"

"不行!阿达战士都是神枪手,开枪百发百中。我们还没挨近他们,可能已经被他们开枪打死了。所以,不可以冒险。"小岚说完,看看阿拉比和姬玛,见他们并没有留意这边,便小声说,"其实我已经想到办法了,今天晚上,我就带你们逃走。然后尽快通知五国,让他们千万别放走阿达。"

莎莎惊喜地说:"啊,太好了太好了,真的今晚就能离开这里吗?"

小岚点点头说:"嗯。"

茜茜眨着眼睛："可是，周围是茫茫大海，我们怎么走得了？"

小岚用手指点点她的脑袋："笨，我们怎么来的，就怎么走嘛。"

茜茜恍然大悟："对，我们找到匪徒载我们来的那只船就行。"

胡追追担心地说："可是，得有人会驾驶船只呀！上哪里找人替我们开船。"

茜茜和美姬、素姬异口同声地说："天下事难不倒马小岚！有小岚就行。"

小岚瞪了她们一眼："你们真以为我什么都会呀！"

茜茜睁大眼睛："糟糕，难道你不会开船？"

小岚看见女孩们都紧张兮兮地看着她，不禁扑哧一声笑了："本来不会的。刚好上星期万卡教会了我。"

茜茜用肩膀撞撞小岚："坏小岚，吓死我了。"

小岚努努嘴，"嘘"了一声，又说："别越说越大声。你们记住，我现在的身份是杞子，在绑匪面前别叫我小岚，免得节外生枝。"

大家都表示明白。

这时候，胡追追说："小岚，我饿！"

她一说,大家都觉得饥肠辘辘的。小岚说:"来,我们一齐喊饿,尽量大声点。"

公主们一听,马上拼命大喊起来:

"我快饿死了!"

"我快饿昏了!"

"我要吃东西!"

"吃东西,吃东西……"

姬玛和阿拉比正坐在树下商量事情,听到叫喊,阿拉比骂了一句什么,起身过来。姬玛拉住他,在背囊里翻了翻,拿出几包方便面,走到火堆旁。

她看了看那两堆熄灭的火,转身用手指指胡追追:"你,去那边捡点树枝回来。"

胡追追刚要起来,小岚在她耳边嘀咕了一句:"树林里有大老虎的。"

胡追追吓坏了,马上不肯起来:"我、我不去!我怕大老虎!"

姬玛恶狠狠地说:"真是好吃懒做的娇小姐。没有柴,怎么烧水泡面!"

胡追追直往小岚后面躲:"不去,死也不去!"

小岚对姬玛说:"她胆子小,我去吧!"

姬玛看了小岚一眼，说："别走太远，得让我看得见。"

"好的！"小岚顺从地站起来，又说，"手还绑着呢，怎么捡柴。"

姬玛替小岚松了绑，又瞪了她一眼："别妄想逃跑，你跑不过我的子弹的。知不知道？！"

小岚表现得很听话："知道。"

十几二十米以外，就有很多树，地上有很多干枯掉落的树枝。

姬玛一直对小岚虎视眈眈的，不过并没有发现她试图逃走或搞什么花样。只见她除了捡树枝，对大树上长的果子也似乎很好奇，还摘了一些放进口袋里。

姬玛大声喊道："该干什么就干什么！你以为是在郊游吗？"

小岚也不生气，笑嘻嘻地应了一声："好啦，马上回来。"

小岚很快抱了一堆树枝回来了。

姬玛找来了个破罐子，让小岚去装些小溪水，烧开水泡方便面。

小岚忙开了。她用罐子打来了水，又用几块石头架了一个简易的"灶"，然后把装着水的罐子稳稳当当地安放在"灶"上，接着，她又把一些树枝放进灶膛，点燃，很

快把火烧得旺旺的。

这些对小岚来说全不是难事,她曾多次跟着万卡去参加野外求生训练,而搭炉灶生火煮食是其中一项必懂的技能呢!

公主们一个个睁大眼睛,好奇地看着小岚张罗。胡追追说:"小岚,你真了不起啊,连烧火都会。"

水很快烧开了,小岚把方便面放进罐子里煮。过了一会儿,便闻到一阵香喷喷的气味。小岚把罐子拿离火堆,放在地上,想了想,又跑去摘了些大片的树叶回来。她把树叶在小溪水里洗干净,卷一卷,啊,变成碗了。

一切准备妥当,小岚对姬玛说:"能解开绳子让她们吃东西吗?"

阿拉比好像没听到一样。姬玛看了看那些女孩,说:"你替她们解开手上的绳子吧!"

小岚马上替五个公主松了绑,然后一个个给她们送上面条。公主们自从吃过午饭后,便没有东西下过肚,都饿坏了,大口大口地吃起来。

小岚看了看两个绑匪,也用叶子装了两份方便面,送了过去。

阿拉比冷冷地看了看小岚,没有理会,继续低头擦枪。姬玛却一声不响地伸手把两"碗"面都接了过去，然后递给阿拉比一份。

小岚笑笑，回到了公主们身边。

大家兴高采烈地吃方便面，一边吃一边嚷着："真香真香！小岚，你也快点吃，真的很好吃呢！"

小岚拿起一份方便面，坐到她们中间，狼吞虎咽吃起来。其实，她也早就饿得肚皮贴着后背了。

吃完面，小岚从口袋里掏出一些红色的小果子，分给女孩们。那是她刚才捡树枝时摘的。女孩们看着那些小小的殷红的果子，惊喜地问道："这果子好漂亮啊，能吃吗？"

"能吃，很甜呢！"小岚说着，把一颗果子扔进嘴里，津津有味地咀嚼着。

女孩们见了，也学着她，把果子放进嘴里。果然，甜中带一点点酸，味道不错呢！

茜茜笑嘻嘻地说："真像是在度假，吃完饭还有饭后水果！"

莎莎笑着说："小岚，能不能来一份香蕉船？"

茜茜笑着打了她一下："做你个大头梦！"

大家都笑得前仰后合的。

一个粗鲁的声音把女孩们拉回现实:"吃够了没有,都给我起来。"

阿拉比不知什么时候走了过来,拿着枪站在她们身后。

女孩们也没反抗,乖乖地站起来。姬玛拿来绳子,把六个女孩的手重新反绑在背后。阿拉比不放心,又把女孩们的脚也绑上了。

第6章
黑夜逃跑

夜幕笼罩着小岛,公主们相互依偎着,进入了梦乡。阿拉比和姬玛双手把枪抱得紧紧的,靠在树干上,也睡着了。

小岚闭着眼睛,但其实她一直没睡,一直用地上捡到的一块石片偷偷地割着身后绑着手腕的绳子。石片不时割到了手,痛得她龇牙咧嘴,但她并没有停下来,还是一下一下地割着。

一个小时,两个小时,随着最后的一割,小岚两只手腕一下子松开了。啊,成功了!

小岚心里一阵高兴,但她不敢停下,马上又用石片去

割绑着脚的绳子。因为两只手都可以活动,所以割起来方便多了,不到半小时,绑着脚的绳子也割断了,她可以自由活动了。

她看看五六米远的两个绑匪,见他们睡得沉沉的,便小声唤醒其他五个女孩:"喂,醒醒,你们快醒醒。"

公主们一个接一个醒来了。她们知道半夜里小岚会带她们逃走,其实都没睡死。

小岚说:"趁那两个人睡着了,我们赶快走。"

小岚替女孩们解开绳索。茜茜站起来,跺着脚:"噢,脚麻,手麻,麻死了!"

"小心点,别弄出声音!"小岚阻止茜茜,又对大家说,"我们走!"

胡追追见到两个绑匪就坐在她们离开的必经之路,有点害怕:"万一他们醒了怎么办?"

小岚低声说:"放心。他们不会醒的。你们跟在我后面,一个跟一个,别走丢了。"

女孩们跟在小岚后面,蹑手蹑脚地走着,经过那两名绑匪身边时,那两人果然没有醒。

女孩们不敢松懈,屏息静气地又走了一段路,才都松了口气。

"自由喽!自由喽!"她们都兴奋极了。

小岚四处观察了一下,说:"我们就朝着大海那边走,到了海边,就可以去找船。"

"好,同意同意!"女孩们跟着小岚,觉得又紧张又好玩刺激。

幸好今晚有月亮,虽然老是被一层薄薄的云遮蔽着,但微弱的光已可以为公主们照亮脚下的道路,令她们不至于摔跤。

胡追追紧跟小岚后面走着,心里犹有余悸:"哇,刚才好惊险。那两个恶鬼真能睡。刚才经过他们身边时,我怕得脚都软了,生怕他们醒来。"

小岚得意地说:"我早就说过他们不会醒来的嘛!"

美姬笑眯眯地看着小岚:"小岚,我看你好像心中有数呢!是不是对他们做了什么?"

小岚笑着说:"还是美姬聪明。你们记不记得装面条的阔叶子?那叶子其实是一种能帮助睡眠的草药,人吃了会睡得很沉。所以,不到天亮,他们是不会醒的呢!"

"啊,小岚真厉害!"几个女孩赞叹着。

茜茜有点不明白,问:"我们也有用阔叶子来装面条啊,怎么我们就不会睡死?"

小岚笑着解释:"那是我给你们吃了解药呢!"

"解药?原来我们吃了解药!"大家都很感兴趣,不知道何时吃了小岚的解药。

小岚很得意:"你们忘了,那些酸酸甜甜的红色果子……"

"啊,原来是这样。原来那红果子是解药!""好神奇啊!"大家惊叫着,赞叹着。

莎莎一脸佩服:"以前也听说乌莎努尔的小岚公主很了不起,我还不信呢。现在真是服了!"

茜茜很为自己有小岚这样的朋友而自豪,她神气地说:"你们现在见到的,只是九牛一毛罢了,我们小岚的本事十天十夜都说不完呢!我们胡鲁国早前出现危难,就是小岚出手相助,避免了一场大灾难的。"

"啊,那故事一定很精彩,讲给我们听好吗?"胡追追和莎莎一个劲地要求着,美姬素姬也催着茜茜快说。

小岚瞪着她们:"喂喂喂,各位姐姐妹妹,现在什么时候了,我们是在逃走啊!赶快走吧,别耽误时间了,听故事以后有的是机会。"

茜茜马上说:"是是是,我们还是抓紧时间走快点。逃出去以后,我们成了好朋友,以后有的是机会一块儿

玩,一块儿讲故事。"

大家不再吭声,都加快了步伐。走了一个多小时,终于看见了大海。

"啊,大海,大海到了!"

女孩们忘形地冲到海边,在水里奔跑着。茜茜、莎莎和胡追追三个女孩还用手掬起水,嘻嘻哈哈地互相泼着。大家都很开心,仿佛觉得逃走计划已成功一半了。

小岚可没她们那样轻松,她东看看,西看看,寻找船只。视线里没有船的影子,得继续沿着海岸寻找。

应该往左走还是往右走,才能更快地找到船只呢?

美姬和素姬走了过来。美姬说:"小岚,我们接下来怎么办?"

小岚说:"要尽快找到船。但现在很难判断船所在的地方。走对了方向,我们会很快找到船。走错了,就会绕着海岛走很多冤枉路。"

这时,胡追追和茜茜、莎莎也停止了嬉戏,走了过来。

胡追追听了小岚的话,说:"左是我的幸运方向,往左走好了。"

大家沉默片刻,也就同意了。因为聪明的小岚,也没有一个很好的方法去判断那只船究竟是在什么地方,只好

碰碰运气了!

她们往左走了。可是,她们越走就越觉得,接纳胡追追的意见实在是大大的不幸。因为她们沿着海边环岛走了大半个岛屿,走到太阳都从海平线冒出一点点了,还没看见船只的影子。

这就是说,她们本来就应该往右走的。她们当时只要往右走很短一段路,就可以看见那艘救命的船了。

"胡追追,你真是个倒霉鬼。"

"就是嘛!我们信错你了!"

"累死我了,我快走不动了!"

大家一路走一路埋怨胡追追,说她的幸运方向其实是倒霉方向,弄得胡追追扁着嘴,快要哭了。

小岚没好气地说:"好啦好啦,别埋怨了。刚才你们不也同意往左走的吗?现在就别埋怨了。"

女孩们再也不敢做声了。

其实小岚心里挺着急的。天快亮了,要是匪徒醒了追来,那就麻烦了。那些草叶的药效不会太长,一晚上也就失效了。

走着走着,碰到了一处难走的路段,平坦的海滩没有了,她们得踩在露出水面的礁石上,继续往前走。

第一公主

小岚回头提醒着："前面的路很难走,大家小心点!"

一句话,让一直在叽叽喳喳说话的女孩们马上住了嘴。她们小心翼翼地走着,那些礁石都是崎岖不平的,一不小心就很容易扭伤脚。

幸好这段路并不长,走了十来分钟,就走过了礁石,见到平坦的沙滩了。

女孩们个个都放下了紧张的心情,又叽叽喳喳地说开了。

"到了,不用再走该死的礁石了!"

"我爱死这些沙滩了!"

"哎哟!"忽然一声尖叫。是莎莎,她走在众人最后,她太高兴了,从礁石上往沙滩一跳,谁知道就把脚扭了。她把左脚提起,不敢沾地,哭着说:"好痛,好痛!"

小岚转回来,扶莎莎坐下。还好,没什么大问题。

小岚正在给莎莎揉着脚,又听到已向前跑了十几米的胡追追拼命尖叫:"啊,啊,啊!"

天哪,别是那倒霉家伙又弄出什么事来了吧!

小岚吩咐美姬姐妹继续给莎莎揉脚,自己带着茜茜跑向前去,见到胡追追张大嘴巴,用手指着前面,嘴里继续

"啊啊"地叫着,却说不出一个完整的词来。

随着胡追追的手看去,小岚和茜茜也不禁惊喜地大喊起来:"啊,啊,船!"

没错,在熹微的晨光下,可以看见了那艘让她们找了大半夜、差点累断了腿的船,静静地停泊在前面海边。

"喂,船找到了!船找到了!"茜茜回头对着美姬她们喊着。

"啊,真的!"

"船找到了!噢,太好了,太好了!我们可以回家了!"

女孩们都欢呼起来。

莎莎也顾不上脚痛了,在小岚和美姬的搀扶下,一拐一拐地向船走去。

无疑,这就是载她们到这里的船。船不大,只能坐十多二十人,但船身结实,绝对可以经得起大风大浪。

茜茜、素姬和胡追追欢呼着爬上舷梯,跑上了船。小岚和美姬又是背又是拽的,把莎莎也拉了上去。

一帮人咋咋呼呼地跟着小岚走进了驾驶室,说是要看着小岚把船开动的历史时刻。茜茜还大声嚷嚷着,回国后要写一本书,叫《公主脱险记》,要载入胡鲁国的史册。

小岚学会驾船,还是早前跟万卡坐游艇出海时,万卡教她的。只是短短几个小时,冰雪聪明的小岚就把开船的技术掌握得八九分了。

小岚叫大家别那么着急,她还得检查船上各种设备的完好情况呢!一切都正常才可以驶出去,要不驶出海上才发现坏了,那就叫天不应叫地不灵了。

女孩们可不想错过那开船的精彩时刻,除了莎莎坐在一边等候,所有人都跟着小岚爬高爬低检查各种仪器。

小岚脸上高兴的神情渐渐褪去,换上了气愤和无奈。

大家不知道发生了什么事,茜茜忙问:"小岚,怎么了?"

小岚气呼呼地说:"绑匪真坏!他们把船上的发动机、导航仪等重要的设备全破坏了,这船根本没法开。"

"啊,天哪!"公主们一听,个个呆若木鸡。

"小岚,你会修理的,是吧?"胡追追还抱着希望。

大家都眼巴巴地看着小岚。

小岚摇摇头:"很抱歉,修船我真不会。"

女孩们都呆了,胡追追还"呜呜"地哭了起来。

"我早说过,你们是跑不了的。"一把可怕的声音吓得女孩们心惊肉跳。

一看，是阿拉比，还有姬玛。他们不知什么时候已经上了船，正站在驾驶室门口，用枪指着她们。

阿拉比恶狠狠地说：

"想跑，没那么容易！早就想到你们有此一招。"

姬玛站在他旁边，冷冷地不发一言。

小岚愤怒地说："你们真是疯子！把船破坏了，你们不也没法回去吗？"

阿拉比冷笑一声，说："我们根本不用操这份心。要是你们的家人识趣的话，自然会送船来给我们的。要是他们不识趣的话，那我们就同归于尽，我们谁也用不着船只了。"

好狠毒！小岚怒视着阿拉比。

在阿拉比和姬玛的押送下，公主们万般无奈地走了回去。

小岚看了看手表，已经是上午八点十分了，离恐怖分子规定释放阿达的时间，已不足半小时。

阿拉比又把公主们一个个反绑起来。

第7章
八点半的危机

耳边响着胡追追和素姬的哭泣声,声声刺痛着小岚的心。自己真没用,没能实现把她们救出去的承诺。

几步远的地方站着阿拉比和姬玛,阿拉比不时抬手望望手表,看样子已是极不耐烦。

时间一分一秒地过去,如果到时未能如绑匪所愿,收到阿达释放的消息,眼前两个人一定会毫不犹豫地杀了她们。在阿达战士的训练课程里,绝对没有"怜悯"和"仁慈"这两个词。

周围笼罩着一片恐怖的气氛,公主们就像一群受惊的小羔羊,拥作一团。

八点半的危机

小岚觉得被一种从未有过的恐惧包围着。她突然觉得自己很软弱很无助,她觉得自己再也无法自救或救人。

她在心里呐喊着:万卡,你在哪里?万卡,万卡,快给我力量!

眼前出现了万卡亲切的笑容。她想,万卡虽然不在身边,但他在那遥远的地方,一定正在想法拯救她,拯救六个被绑作人质的女孩。

小岚好像又有了勇气,她挺起了胸膛,对女孩们说:"别哭,事情并不是那么糟,希望是有的。"

没想到胡追追越哭声音越大,莎莎不耐烦了,大声呵斥她:"哭什么呀,别哭!小岚说得对,希望是有的,我们的亲人一定在想办法救我们。小岚是乌莎努尔的公主,乌莎努尔这样一个大国,怎可以容忍她的公主被恐怖分子劫持。"

小岚吓了一跳,莎莎说话声音太大了,要是让绑匪听到,会有麻烦的。她朝大树那边看了一眼,见到那两个人虎视眈眈地盯着她们,还说着什么。一会儿,那两个人端着枪走过来了。

小岚用手碰了碰莎莎,莎莎脸色惨白,她意识到自己

闯了大祸——绑匪听到她叫小岚的名字了!

阿拉比走近,用阴冷的目光看着莎莎,又用手指着小岚问:"你老实告诉我,这个冒充英之国公主杞子的人是谁?"

莎莎怕绑匪伤害小岚,便说:"什么冒充?她明明就是杞子嘛!"

姬玛走过去扇了莎莎一巴掌,说:"还死撑,她根本不是杞子!我之前已经有点奇怪,传闻英之国国王是个窝囊废,怎么生了一个这样有能耐的女儿。"

小岚见莎莎挨打,气极了,她腾地站了起来:"干吗打人!我告诉你好了。是的,我并不是杞子。那个胆小鬼,躲在人群里死不肯出来,一点也不顾安娜死活,我只好顶替她了。你们的目的不是要绑架公主吗?我也是公主,我是乌莎努尔公主马小岚!我主动站出来跟你走,你还想怎么样?!"

"×××!"阿拉比说了一句粗话,"你破坏了我的计划,看我非教训你不可!"

他说着,扬起手,就朝小岚脸上打去。

"啊!"看着那只粗壮的手劈头劈脑打向小岚,公主

八点半的危机

们都吓得尖叫起来。

让他蒲扇般大的手扇上一巴掌，没准脑袋也会歪了。

没想到小岚毫无惧色，她挺了挺胸，两眼怒视着阿拉比，嘴里发出一声怒吼："你敢！"

没想到，这一喊，竟让那只手在半空中停住了。

阿拉比愣了愣，那拳头在小岚面前扫过，打向她身旁的一棵小树。"咔嚓！"那棵碗口粗的小树竟一下子折断了，倒在地上。

公主们吓得目瞪口呆。

姬玛在一旁冷眼看着，这时候说："算啦，暂时放过她们。等阿达领袖重获自由，再跟她们算账！"

她看看手表："八点二十分了。希望你们的爸爸乖乖放人，要不，就让他们尝尝失去女儿的滋味。"

八点二十分！离恐怖分子要求放人的时间只剩下十分钟了。

公主们都脸色苍白，心跳如撞鼓。她们紧紧地挨在一起，希望从其他人那里获得支撑自己的力量。

天不知什么时候变了，天空黑云密布，风也起了，把树叶刮得哗啦啦地响。天地间变得一片昏暗。

第一公主

阿拉比显得越来越焦躁,他握着枪,时不时恶狠狠地望向公主们,把她们吓得心惊肉跳。

正在这时候,突然刮起一阵狂风,树木被刮得东摇西摆,落叶被刮得在空中乱舞。紧接着,又是一阵更大的风,只听"咔嚓"一声,不知什么东西掉到地上,发出"轰"的一声巨响。

大家都用眼睛去追寻响声发出处,发现那部架起不久的卫星转播装置已经断成两截,掉下的一截直直地插在地上。

阿拉比见了,大叫一声"该死!",便跑了过去。

正在这时,又刮起一阵更猛烈的狂风——

一节碗口粗的树杈被刮断了,掉落下来,刚好砸在跑过去的阿拉比头上。阿拉比"啊"地喊了一声,倒下了。

大家目睹这一幕,不禁目瞪口呆。

姬玛尖叫一声,跑了过去。

"阿拉比,你怎么啦?阿拉比,你别吓唬我!阿拉比……"姬玛哭叫着。

阿拉比躺在地上,悄然无声,一动不动。

姬玛把阿拉比抱在怀里,用手去捂他头上流着的血,

继续喊着：

"天哪，血，血，这么多的血！阿拉比，你醒醒，你醒醒！"

胡追追害怕地说："他流了很多血，他死了吗？"

其他女孩都紧张地注视着那两个绑匪。虽然倒下的那个是敌人，是伤害她们的人，但毕竟第一次见到一个活生生的人在眼前倒下，心里都很害怕。

姬玛继续狂喊着，但不管她怎样喊，阿拉比都没有动过一下。

姬玛感到绝望了，她悲痛欲绝，她仰天长哭："爸，妈，我对不起你们，我没把阿拉比弟弟照顾好，弟弟死了，弟弟死了……啊……"

公主们听得清清楚楚的，啊，原来姬玛和阿拉比是两姐弟！

这些善良的女孩竟然被他们的姐弟情深感动得有点动容。眼浅的素姬和胡追追眼睛都湿润了。

狂风呼啸中，姬玛抱着阿拉比，仰天长哭，这情景，令小岚感到无比震撼。

原来恐怖分子并非冷血动物，他们也有感情的。

要不要出手相救？这个念头一冒，她马上又制止了自己。别忘了那是一个危险人物，要不是出了这意外，可能自己和一帮姐妹已经死在他手里了。

救？不救？小岚内心挣扎着。

最后她终于决定了。救！好人也好，坏人也好，那也是一条鲜活的生命啊！

况且，她也想跟恐怖分子的人性赌一场。也许，救了阿拉比，就等于救了她们六个人。姬玛不会杀救她弟弟的恩人。

小岚对姬玛说："哭是没有用的，现在最重要的是救治。你放了我，我想办法救他。"

姬玛停止了哭叫，她睁着哭肿了的眼睛看着小岚，说："你真的有办法把我弟弟救活？"

小岚说："现在我不能给你什么保证，但我会尽力。"

姬玛把阿拉比轻轻放下，向小岚走过来。

可以清楚地看到，她的头罩全湿了，那是眼泪浸湿的。

她用枪指着小岚，急切地问："你老实对我说，你是否真的会医术。"

没等小岚回答，她又说："哦，我明白了，你根本是

八点半的危机

在耍诡计！你想我放了你，你们好趁机逃走。要不是你们捉了阿达，就不会搞出这么多事，我弟弟就不会这样！我现在就杀了你们，为我弟弟报仇！"

姬玛拿起枪，对准公主们。

小岚大喊一声："笨蛋，你赶快住手！如果你杀了我们，你弟弟就死定了！"

姬玛愣了愣。

小岚恼火地看着她，说："你要是相信我，那你弟弟或者还有一线生机；如果你不信，那就让他去死好了。"

姬玛呆呆地看着毫不畏惧的小岚，犹豫着。过了一会儿，她好像下了决心，走到小岚身后，替她解绳索。然后，又用枪口抵着小岚的背，说："走，别耍花招。"

小岚瞪了她一眼，急急地朝阿拉比走去。

她拉起阿拉比的手摸摸脉搏，还跳呢，人活着。她又伸手脱下阿拉比的头套。

阿拉比的脸第一次暴露在小岚面前。

小岚不禁愣了。

虽然阿拉比此刻脸色苍白、双目紧闭，但仍掩不住他的英俊秀气。他很年轻，看样子顶多十八九岁。

第一公主

小岚想,如此花样美男,竟然做了阿达战士,真可惜。

小岚开始替阿拉比检查,只见他头上有一道很深的伤口,鲜血正不住地往外流。小岚想,像他这样流血,不足一小时就会死亡。她迅速在自己的外衣上撕下一条长长的布,替阿拉比包扎止血,血很快又浸透了布条。

小岚见情况不妙,她站了起来,对姬玛说:"你听说过草药可以治病吗?"

姬玛点点头说:"听说过,中国人很擅长用中草药治病。"

小岚说:"现在我要替你弟弟止血,但是手头没有一点药,所以,我要到处找找有没有可用的能止血消炎的草药。"

姬玛略一犹豫。但她也明白阿拉比情况危险,咬咬牙,同意了。

风继续刮着,把树木吹得不住地摇晃,一直注视着小岚救人的公主们都忍不住喊起来:

"小岚,风这么大,危险啊!"

"小岚,你值得为这样的人冒险吗?"

"小岚,别去!"

八点半的危机

小岚看看姐妹们,说:"放心好了。我会小心的。阿拉比也是人,从人道主义出发,我是要救他的。"

小岚说完,从姬玛手里拿了个袋子,转身就往树林深处跑去。

"等等!"姬玛喊了声。

小岚转头,姬玛扔给她一个手电筒,又小声补了一句:"小心!"

这是姬玛说过的第一句有人味的话。小岚朝她笑笑:"谢谢,我会的!"

小岚跑进了树林深处,乌云遮蔽,树林里黑得伸手不见五指,幸好有手电筒,小岚才能走路。

风吹过,发出一阵阵恐怖的呼啸,就像千万只野兽在怪叫。不时有树杈被吹得掉了下来,有一些还蛮粗大的,要是砸着了,不受伤也得痛上半天。

但小岚顾不上害怕,也顾不上躲避掉下的东西,因为时间就是生命,阿拉比随时有生命危险。她专注地在茂密的草丛中寻找可用的草药。

她的中医技术是从万卡那里学来的,万卡读大学时,曾跟一位中国著名的老医生学习过中医,对精深博大的中

医学很有研究。记得万卡让她认识的中草药中,有一种叫"小齿草"的,可以止血,而另一种叫"通通草"的,则有去除瘀血的功能。这两种药是目前阿拉比最需要的。

"啪",一根树枝掉下来,擦着小岚左边脸颊落到地上。小岚觉得脸上有点痛,但她没有理会,她只管用电筒照着草丛,低头找着草药。

"啊!"突然,小岚大叫一声。她看见了,在一丛杂草中,露出了一些叶边像锯子一样有着利齿的小草,那正是能止血的小齿草啊!

小岚急忙蹲下采摘。草上的小齿把她的手刮破了,渗出血来,她也顾不上了。

因为还得去找能去瘀血的通通草。

小岚又继续寻找着。去瘀血的通通草较为稀有,也不知这海岛上有没有。要是找不到的话,那即使为阿拉比的伤口止了血,他仍会因为颅内积血未除而昏迷不醒,成为俗称的"植物人"。

又找了一会儿,还是没找到通通草。小岚不能再继续找了,因为她必须马上回去给阿拉比伤口止血,否则他会因大量流血死亡的。

小岚急忙往回走，由于走得太急，不小心被树根绊到了，一下跪倒在地上。

膝盖碰得很痛，小岚也顾不上查看，她赶紧爬起来。布袋里的小齿草掉了一些出来，落在草丛里，她急忙伸手一一捡回。

忽然，她伸出的手停住了，草丛中有一些阔叶的小草，好像是……

小岚心里一阵惊喜，她拔了一根，仔细端详着。她突然兴奋地大喊了一声："噢，通通草，可找到你了！"

没错，她手里拿着的叶子宽宽的草，正是可以用来去除瘀血的通通草呢！

哈哈，真是"踏破铁鞋无觅处，得来全不费工夫"！

小岚赶紧把那一小丛通通草拔了，放进布袋里。

第8章
恐怖分子的眼泪

小岚冒着狂风,一路小跑回去。

姬玛跪在阿拉比身边,悲伤地看着弟弟的脸。看见小岚回来,她急忙站了起来,问:"找到草药没有?"

小岚兴奋地点点头:"找到了!"

姬玛大喜,情不自禁地叫道:"谢谢阿达保佑,谢谢阿达保佑,弟弟有救了!阿达,弟弟不会死的,他会好起来,他会完成救你的使命的。"

小岚一听火了,她把草药往地上一扔,说:"你这个喝狼奶长大的孩子,真是死性不改!枉费我冒着危险去找草药救你弟弟,你却这样执迷不悟,那我也没必要再救你

的弟弟了。即使我现在把他救活了,他仍会和你一样冥顽不灵,仍会干伤天害理的事。"

姬玛急了,她把手里的枪一举,对准小岚:"你不救也得救,这里由我说了算。赶快救我弟弟,要不我杀了你。"

小岚胸膛一挺,朝着姬玛的枪迎了上去:"好啊,你开枪好了,我就是死,也不会救你们这些忘恩负义的冷血动物。"

"你!"姬玛没想到小岚还真的不怕死。她又气又急,想救弟弟,但又不想认输。恐怖组织多年的训练,令他们的字典里从来没有"示弱"这个词。

双方对峙了一会儿。姬玛看看宁死不屈的小岚,又看看奄奄一息的阿拉比,无奈地放下枪:"求你,快救我弟弟!"

小岚傲然地说:"好,看在你姐弟情深份上,我就答应你。但由现在开始,这里由我说了算。现在,把你和阿拉比的枪交给我。"

姬玛无奈地把两支枪扔到地上。

小岚捡起枪,又说:"把绑着公主们的绳索解开。"

姬玛犹豫了一下,走过去把绑着公主们的绳索全解开了。

第一公主

公主们被绑多时,手脚早已麻木了,都在忙着舒展手脚。

小岚对公主们说:"快,把姬玛绑上。"

姬玛一愣,马上摆起一个搏斗的架势,喊了一声:"谁敢过来!"

阿达战士都是很厉害的搏击手,如果跟她硬拼,恐怕公主们都不是她对手。

姬玛又怒视小岚:"你要我做的全做了,为什么还要绑我?"

小岚用枪指着姬玛说:"因为你中阿达的毒太深,因为你太凶悍,因为我不知道你内心还残存多少善良,因为我不知道是否我救了你弟弟之后却无法救自己和姐妹们,总之一句话,因为我无法相信你。"

姬玛仍不肯就范,她说:"我要是被绑住,就只能任人鱼肉。谁知道你会不会趁机把我和弟弟杀了。"

"你们这些恐怖分子,永远不会理解人性的善良和宽容。"小岚恼火地说,"看看我这手上被草刮破的口子,看看我脸上被树枝打出的血,看看我这膝盖上的伤,如果我不是真心救你弟弟,犯得着冒险去采药吗?"

姬玛这才发现小岚手上、脸颊上、膝盖上都有血,不禁愣住了。牙一咬，愿意束手就擒。

莎莎和茜茜走过来，报仇似的，把姬玛五花大绑。

胡追追看着被绑的姬玛，可解恨了，指着她骂道："没想到会有今天吧！你这个臭恐怖分子，害人精！我们高高兴兴地去参加选美比赛，却被你们这样欺负……"

莎莎怒气冲冲地走近姬玛，伸手就朝她脸上打去。莎莎想起之前姬玛扇她的那一巴掌，心里就气得慌。

"莎莎，算了。"小岚把她拦住了，"我们是文明人，不能跟恐怖分子一般见识。况且，她已经放下武器了。"

小岚让莎莎、茜茜和胡追追看守着姬玛，自己就和美姬姐妹去救治阿拉比。

"啊，这家伙长得真帅！"素姬走近阿拉比一看，马上惊叫起来。

美姬也说："好好的为什么要加入恐怖组织呢，可惜了这副漂亮的外表。"

小岚说："喂，赶快做事。现在他不是帅哥，也不是恐怖分子，他是我们的病人。"

用小齿草救人，对小岚来说已经驾轻就熟了。之前她回到过去改变乌莎努尔的历史，已经试过用小齿草救了万

卡的祖先杨天行。

捣碎的草药敷到了阿拉比的伤口上,不一会儿,血便止住了,阿拉比原先惨白的脸容,开始有了一丝暖色。但他仍然昏迷。小岚并不慌乱,她指挥美姬姐妹,把草药用水熬得浓浓的,给阿拉比服下。

姬玛被绑在树干上,她的头套被公主们脱下来了,露出了她那张长得跟阿拉比很像的脸,都是同样的秀气好看。这一刻她脸上的戾气全不见了,眼睛里的冷酷也没有了,取代的是柔柔的亲情,还有丝丝的感动。她目不转睛地看着小岚救治她弟弟,随着小岚细心温柔的动作,随着阿拉比脸色的好转,她眼里泛出了点点泪光。

这时,风停了,天空出现了一片蔚蓝,天放晴了。

阿拉比的呼吸越来越平稳,他虽然还没有醒来,但是看上去已不是呈昏迷状态,而是在安静地熟睡了。小岚知道神奇的草药已经起了作用,阿拉比已经没有生命危险了。她站起来,展开双臂,长长地舒了一口气。

姬玛这时担心地问了一句:"他什么时候能醒?"

"这不好说。"小岚看了姬玛一眼,又补充说,"不过你可以放心,他不会死的。"

姬玛哭了,嘴里还咕噜了一句什么,虽然很模糊,但小岚还是听到了,她说的是"谢谢"。

小岚心想,你到底肯说这个词了。

"嗯。"小岚看了看姬玛,问,"能修复通信设备,跟外面联系吗?"

姬玛摇摇头:"这些通信设备只有我弟弟懂,我是一窍不通。"

小岚很想尽快通知外面,把公主们接走。但看来目前只能等了。

公主们正在嘻嘻哈哈地生火煮面条。事件出现大逆转,绑架者被制伏,这令她们特别开心。虽然危险仍未解除,她们还不知道什么时候才能离开这孤岛,但是起码她们自由了,不再随时受到恐怖分子威胁了。

大家都叽叽喳喳地说着话,回忆着这几天的经历,回忆着制伏姬玛的情景,都说就像惊险故事里的情节似的。当然,小岚就是故事中的主角了。

莎莎真诚地说:"小岚,早就听闻你的厉害,还以为是传说而已,现在我真服你了。"

胡追追眼里露出无限景仰:"我宣布,我已决定把小岚当成我的第一偶像。我以前最喜欢的戴安娜和迈克尔.杰克逊,将变成第二偶像和第三偶像。"

茜茜开心地搂着小岚的肩膀:"之前我们被恐怖分子绑着,现在是我们把恐怖分子绑着,哇,想想都觉得不可思议!"

素姬为自己有这样一个了不起的朋友而骄傲,她说:"我们早就知道小岚了不起了!你们有没有听过,她化解了我们胡陶国和乌隆国之间的一场战争的事吗?"

胡追追举起手:"我听过我听过!是我爸爸告诉我的。他一直希望我能成为像小岚那样智勇双全的公主呢!"

小岚把手一挥,说:"好啦,别吹啦,我是不会给你们宣传广告费的。现在我宁愿你们给点吃的,我快饿死了。"

"好好好,面好了。来,第一份面给劳苦功高的小岚。"一直没吭声,认真地在煮面的美姬,用一块芭蕉叶子捧了一份方便面给小岚。

小岚接过面条,正要吃,却看到了绑在树上的姬玛。她站起身,端着面条走到姬玛身边,又用树枝"筷子"夹了一箸面条,送到她嘴边:"饿了吧,吃点面条。"

姬玛显然没想到小岚会给她吃的,愣了愣,然后摇摇头:"我吃不下。"

小岚知道她担心阿拉比,便说:"别担心,他会好起来的。"

姬玛没作声，只是眼里突然流下两行泪。小岚又把面条送到她嘴边，说："吃点吧。"

姬玛看样子很感动，她小声说："谢谢你。不过，我真的咽不下。"

姬玛望着阿拉比，眼里涌出泪水。也许是泪水令她看不清阿拉比，而她双手被绑又没法擦眼泪，她只好努力地睁大眼睛。

小岚心里一软，她也许不是个好人，但绝对是个好姐姐。

小岚从身上掏出纸巾，伸手轻轻地给她拭泪。

姬玛呜咽着说："谢谢，谢谢你！"

小岚看着姬玛那张跟阿拉比同样俊美的脸，此刻充满柔情，跟她之前的凶悍和无情判若两人。她心想，人不会一生下来就是坏人的，想来这两姐弟原先也是好孩子，只是可惜加入了恐怖组织，变得善恶不分，灵魂也被扭曲。希望经历这些之后，他们能觉醒。

第9章
人之初,性本善

太阳出来了,海岛又回复了它的平静。

小岚和公主们正围在一起开会,商量下一步该怎样做。

正在这时,听到姬玛大声喊起来:"啊,快看,我弟弟醒了!他醒了!"

公主们一听,都站起来想跑到阿拉比身边看看。小岚说:"你们别过去。我跟他慢慢沟通。他刚醒,不能受太大刺激。"

小岚走到阿拉比身边,蹲下去察看。但见到阿拉比仍然紧闭双眼,一点动静也没有。

但姬玛仍固执地喊着:"真的,他刚才动过。信我!"

小岚看了她一眼:"你冷静点。我信你。"

小岚细细观察着阿拉比,突然,发现他的眼皮动了动。

一会儿,阿拉比睁开了眼睛。他静静地看着蓝天,从他清澈的瞳孔上,可以看到天空几朵白色的云。那是一双清纯的、美丽的眼睛,甚至还带着一丝温柔。

人们常说"人之初,性本善",也许,这就是阿拉比起死回生之后,本性的回归。

但只是一刹那的事,仿佛魔鬼又向阿拉比召唤,他眼神瞬间又变得凶狠。他猛地一翻身就想站起来。

但他马上又倒下去了。头上的重创令他身体很虚弱,他软软地瘫在地上,半闭着眼睛。

小岚冷眼看着阿拉比。她想起了早前看电视"动物天地"时,见到的那只因伤人被打了麻醉针的老虎,可怜巴巴的,昔日吃人的威风不再。

小岚垂着眼睛看着阿拉比,心里既可怜他,又憎恨他。

"弟弟,弟弟,你别这样,你会伤到自己的。小岚公主是好人,是她把你救活的。"姬玛喊着,她又求小岚,"公主殿下,求求你放了我,让我去照顾弟弟。"

小岚有点犹豫。

让姬玛去安抚阿拉比,这是令他安静的好办法。但是姬玛毕竟是个危险人物,万一她……

姬玛明白小岚的忧虑,她说:"你放心吧!要是我再加害我弟弟的救命恩人,那我就猪狗不如了。求你,就让我去照顾弟弟吧!"

小岚向来心软,也就答应了。

绳索一解开,姬玛就一下扑到阿拉比身边,跪在他身旁。她拉起阿拉比的手,另一只手轻轻抚摸着阿拉比的头,嘴里不断地唤着:"弟弟,我是姐姐,我是姐姐。"

一滴大大的泪水,噗一声掉在阿拉比的脸上。

阿拉比的眼睛缓缓睁开了。看见姬玛,他的眸子一下亮了,但随即露出了一丝讶异:

"姐姐,你……哭了?为什么……哭?在埋葬爸爸妈妈那天我见你哭过,以后就再也没见你掉过眼泪了。"

姬玛用手擦去泪水,说:"我……我以为你会死。如果你真的死了,我怎么向父母交代,我死了也无脸见他们……"

阿拉比努力地露出了一点笑容,说:"我不会死的,我要保护姐姐。姐姐,告诉我,发生了什么事?"

姬玛把阿拉比被树枝砸至昏迷,小岚怎样冒着危险采来草药把他救活,一一说了出来。

阿拉比看了小岚一眼,眼神虽然没了之前的凶恶,但也没有丝毫对救命恩人的感激。

小岚想,像他这种人,说不定会觉得被一个人质、一个女孩子所救是一种奇耻大辱。

倒是姬玛越说越激动,她突然扑通一声跪在小岚面前,哭着说:"小岚公主,谢谢你救了我和弟弟!"

小岚急忙扶起姬玛,说:"哎哎哎,你别这样,别这样!"

姬玛流着眼泪,说:"小岚公主,您不知道。我家九代单传,到了我父母也只有弟弟一个儿子。爸爸妈妈临去世前,把弟弟托付给我,让我好好保护弟弟。要是这次弟弟有什么三长两短,我也会跟着他去死的……小岚公主,今后你需要我做什么,尽管吩咐,我一定赴汤蹈火,在所不辞!"

小岚说:"我只要求你做回一个好人。"

姬玛摇头叹息:"我现在好糊涂。以我以前受的教

育,我只知道阿达是好人,阿达的敌人通通都是坏人。但现在亲眼见到您的善良和仁慈,您对伤害您的人都能舍命相救,我现在已经觉得自己不懂判断好坏了。"

"不要紧,以后我会教你明辨是非的。"小岚说。

姬玛真诚地看着小岚说:"谢谢小岚公主。反正以后我什么都听您的。"

阿拉比冷冷地看着,听着,面无表情。

夜幕中,篝火旁,小岚在替阿拉比换药。

看来草药真的很有效,阿拉比明显恢复得很好,他已经可以坐起来了。只是他似乎不大习惯小岚的照顾,脸上神情有点僵硬。

小岚开始用纱布替阿拉比包好伤口,一直没说话的阿拉比突然冒出了一句:"我是绑架你的人,你为什么还要救我?"

小岚看了他一眼:"见死不救和滥杀无辜一样,都是一种不正常的行为,我绝对不会任由自己眼看着一个鲜活的生命在自己面前死去,而袖手旁观。哪怕那个是曾经伤害过自己的人。"

阿拉比沉默了一会儿,说:"你相不相信,我从来没

有杀过人。"

小岚看了看阿拉比的眼睛,那眼睛里此刻的纯净令她点点头:"我信。"

阿拉比又再沉默。

小岚问:"你和你姐姐为什么要加入阿达组织。"

阿拉比说:"为了六个妹妹。"

小岚有点惊讶:"什么?为了妹妹而加入阿达组织?"

阿拉比神情悲哀:"我父母早几年去世了,留下我们八个,我姐姐是老大,我是老二,下面还有六个妹妹。我们家本来就很穷,父母死了以后,我和姐姐根本没有能力去养活六个妹妹,只好带着妹妹们去讨饭。一天在路上碰到阿达领袖,他问我和姐姐愿不愿意跟随他,如果愿意,可以让我们不再挨饿。为了妹妹们不至于饿死,我们答应了。"

小岚说:"你知道阿达组织的宗旨是什么吗?"

阿拉比有点亢奋地回答:"知道。是策划一些事件,警告那些仗势欺人、肆意干涉弱小国家内政的大国,让他们付出代价。让他们知道,弱小国家不可欺。"

小岚非常严肃地说:"阿拉比,你有没有想过,在这

些事件中付出代价的人，都不是那些大国的决策者。他们只是一些普通市民，他们都热爱和平，反对战争。"

阿拉比沉默了。

小岚继续说："你爱你的父母，你为他们的去世而伤心；你爱你的姐妹，你为了她们活下去什么都愿意做。可是，你知不知道，在这些恐怖事件中，多少人失去了父母，失去了兄弟姐妹，失去了儿女，多少个家庭破碎，多少人痛苦欲绝……如果你想到这些，如果你知道了这些，你还会认为你们的所作所为是正义的吗？"

阿拉比无言以对。

小岚看了阿拉比一眼，知道他被打动了，便趁热打铁："阿拉比，趁着你的双手还没有沾上鲜血，离开阿达组织吧！好好地与你的姐姐和妹妹过日子。"

阿拉比神色黯然，他无奈地说："没可能了，我已经身不由己。因为一旦加入阿达组织，我们的亲人就马上成为人质，要是对阿达不忠，我们的亲人就会没命。我不能让六个妹妹陷入危险。"

"太狠毒了！"小岚很愤怒。

向来知道阿达战士全都死心塌地效忠阿达，从不会背叛,没想到原来有这样的背后原因。

小岚诚恳地对阿拉比说:"只要你愿意改邪归正,我会帮你救出妹妹的。相信我。"

阿拉比看着小岚,点点头:"好,我信你。"

小岚笑了,她说:"好,那我们从现在起就是朋友了。等会儿,我们就一起来商量一下,下一步应该怎样做。"

"下一步……"阿拉比好像突然想起了什么,"小岚公主,我担心组织的人已经进行下一个行动计划了。"

小岚忙问:"告诉我,是什么计划?"

阿拉比皱着眉,努力回忆着。脑部受伤,显然使他的记忆受到了影响。

"我记得,副领袖阿查把营救队伍分成了三个小组,第一个小组就是我和姐姐,我们负责劫持五国公主,迫使五国交出阿达。如果我们这一组的计划成功,其他两组就收队。但如果失败,第二行动组就会开始进行B计划。"

小岚一听紧张地问:"B计划是什么?什么时候实行,计划内容是什么?"

阿拉比眉头皱得更紧:"B计划是……唉,我脑袋乱得很,什么都想不起来了!"

小岚急了,因为这很可能是一个伤亡更大的恐怖事件。

她急忙说:"你脑袋受伤想不起来,我去问姬玛好了。"

阿拉比说:"没用的,姬玛并不知道这些。我是这一组的组长,而计划内容只有组长才知道。"

小岚没办法,只好对阿拉比说:"那你再慢慢回忆。别着急,越着急越想不起来。"

阿拉比努力拼凑着脑海里零零碎碎的记忆:"A计划失败,第二行动组就开始实施B计划。B计划实施的时间,是……是……啊,想起来了,是A计划失败的第二天!对,是的,是第二天!"

小岚大吃一惊:"第二天?不就是明天吗?那计划内容是什么?"

阿拉比又皱眉头:"B计划的内容……"

他脸上表情有点痛苦,大概是感到不舒服。小岚见了有点内疚,她知道阿拉比脑部受了伤,本来是暂时不可以过度使用脑子的。只是现在关系到恐怖分子的一个阴谋,不能不让他努力回忆。

阿拉比闭上了眼睛,嘴里喃喃着:"B计划会在A计划失败后进行……阿查说过,A计划如果失败,没能救回阿达，原因一定在贾虚国……五国不可能不顾及他们公主的性命，但如果贾虚国从中作梗，就会令事情变复杂，所以……"

阿拉比一下子张开眼睛，喊了起来："贾虚国，是贾虚国，B计划是对贾虚国进行报复和威胁！他们已在贾虚国首都维塔市某个地方安放了炸弹，一旦A计划失败，就会用遥控器引爆这炸弹……放炸弹的地方是……一幢大厦……"

小岚不禁打了个寒战。之前阿达组织在英之国一个剧院内发动炸弹袭击，造成重大伤亡。如今他们选一幢大厦作为目标，维塔市的大厦动辄四五十层，很多还高达一百多层，如果爆炸，楼毁人亡，那会造成多大的伤亡啊！

她知道阿拉比已经尽力了，但是，仅仅知道恐怖分子要在维塔市的某一幢大厦发动炸弹袭击，资料是不足够的。要知道，维塔市是贾虚国里的一个大城市，高楼大厦何止千千万万？而现在只有一天时间！

怎么办？小岚又想起了万卡。对，赶快通知万卡。万卡会有办法的。

小岚急忙问阿拉比："通信设备还能用吗？"

阿拉比看了看断成两截的器材，说："我看不能了。"

小岚急忙问:"那还有其他办法吗?没办法通信联络,又没有交通工具,那我们就无法通知贾虚国小心恐怖袭击,公主们也无法离开这里。"

"应该有办法出去的。"阿拉比又皱起了眉头,努力地想着。他突然眉头一展,"啊,我想起来了,在这个小岛的后海湾藏了一艘可以坐两个人的快艇,是准备万一发生特殊变故,我和姐姐离开这里用的。"

小岚一听有只快艇,十分欢喜:"那太好了,我会开船。等会儿我就驾快艇到离这儿最近的国家请求协助。尽快通知贾虚国。"

"其实离我们最近的地方就是贾虚国首都维塔,走水路一般八小时可到。"阿拉比说,"不过我知道有一条近路,只需六个小时便可到达。我跟你一块去。"

小岚看了看阿拉比苍白的脸色,心想:他跟自己去当然好。自己不熟悉路径,说不定十个小时都去不到目的地。而且阿拉比的记忆会逐步恢复,一路上他还会不断想起一些有助找出目标大厦的线索。但是他的身体吃得消吗?

阿拉比像知道小岚在想什么,他说:"放心吧,我可

以的。为了救人,为了减轻我的罪过,我可以坚持的。何况还有你一起去呢!"

他又补充了一句:"况且,这快艇你驾驭不了的。这是一艘最新科技制造的快艇,所以才能抵挡风浪,在大海上航行。"

小岚点点头,说:"好吧,谢谢你帮忙。"

阿拉比脸红了,他说:"我以往替阿达做了很多事,虽没直接杀人,但也可能有人间接因我而死。所以,不敢领谢,只要能减轻罪孽,我也愿意。"

"放下屠刀,立地成佛,欢迎你做回好人。让我们一同去阻止罪案,扑灭罪案,我们一定能排除万难,解除危机。来,我们预祝成功。"小岚伸出手,与阿拉比一击掌。

小岚想想又说:"你跟阿达组织的人一直不联系,他们会怀疑吗?他们会对你的妹妹们不利吗?"

阿拉比回答说:"这里发生风暴的事,组织应该会知道的,他们会认为是器材故障所以联系不上。三五天之内,他们不会怀疑有什么问题。"

小岚放了心:"好。我们把消息送到贾虚国以后,就马上想办法拯救你的妹妹们,确保她们的安全。"

第10章
非典型公主

小岚和阿拉比是深夜时分离开小岛的,他们在女孩们的殷殷叮嘱下登上了快艇。

小岚在阿拉比的指点下,把快艇开动了。快艇乘风破浪,飞驰而行。

身后传来女孩们的叫声:

"小岚,路上小心!"

"弟弟,你保重身体!"

"小岚,赶快找人来救我们啊!"

"阿拉比,你要保护好小岚,要不我跟你没完!"

"再见……"

此刻,阿拉比半躺在驾驶台旁边的一张椅子上,目不转睛地看着小岚开船。经过他的指点,小岚已经可以自如地驾驶这先进技术制造的快艇了。

阿拉比的脸上满是惊讶和佩服。出生在一个贫苦的教师家庭,没有钱,没有势,这让他自然形成了"仇富""仇权贵"的心态。他尤其看不起那些"官二代""富二代",觉得他们都是一些衣来伸手饭来张口、仗势欺人的坏人。

没想到,眼前这位金枝玉叶的大国公主,竟会如此出类拔萃,她的善良、她的亲切、她的勇敢、她的智慧,都令他感到无比惊讶。

而且,她长得真美!在淡淡的月色下,更显出一种没有瑕疵的超凡脱俗的美。

大男孩的心突然"怦怦怦"地跳得很厉害。

小岚突然回头,见阿拉比看着她发愣,不禁笑道:"嗨,你盯我那么紧干什么?怕我摆弄不好这快艇?"

阿拉比脸红了:"没、没有……"

小岚注视着前方水路,说:"别担心,我不会把快艇弄翻的。"

阿拉比笑了起来:"不担心不担心。我一直以为,公

主都是一些既盛气凌人却又什么都不会干的娇小姐，真没想到还有像你这样了不起的！"

小岚笑嘻嘻地说："我是非典型公主嘛！"

小岚回头看了看阿拉比，她发现阿拉比在笑。噢，她还是第一次见到阿拉比笑呢！噢，这男孩笑起来多好看，真是名副其实的阳光男孩。她感到欣慰，她打从心底里希望他从此以后过回正常的生活，可以天天这样笑。这男孩也太苦了。

快艇在清晨时分到了维塔市海岸，阿拉比带着小岚，从小路偷偷潜入了境内。阿拉比是早已上了黑名单的人，所以无法循正常手续进入别国。

天还没亮，小岚看了手表，说："我们赶快找个能打电话的地方。"

阿拉比把戴着的鸭舌帽压得低低的，也许时间还早，路上静悄悄的，没有几个行人。走着走着，见到前面有家便利店，两人便走了进去。

店里面只有一个中年男店员，他一见到有人进来，便睁大眼睛上下打量着。也许这些二十四小时服务的便利店常常遭人打劫，所以店员见到有人进去都会提高警惕。

小岚走到店员面前，说："叔叔，能借个电话打吗？"

店员指了指里面一堵墙,那墙上挂着一部电话。

"谢谢!"小岚赶紧走了过去。

一看,是投币电话。小岚摸摸口袋,糟了,一点儿钱都没有。她问阿拉比,阿拉比也摇头。出来时,两人都忘了要带钱这回事。

小岚走回店员那里,说:"叔叔,能给我打电话的钱吗?我们有急事要打电话,但是忘了带钱。"

店员看了看小岚,从口袋里掏出一个硬币。

小岚高兴地说了声"谢谢",接过硬币就跑回投币电话那里。

小岚本来准备打给万卡的,但一看,那硬币原来是最小面值的,只够打一次市内电话。她只好先拨了贾虚国国家安全署的电话。

"喂,您好,国家安全署。"电话里传来女接线生的声音。

小岚急切地说:"我有要事要找你们负责人。"

女接线生说:"请等等。"

音乐声响起,一会儿换了一把尖尖的、高八度的、有点刺耳的女声:

"我是值班官员。你是谁?有什么事?"

小岚说:"我是乌沙努尔公主马小岚。"

那人说:"你是公主?那我还是国王呢!开什么乱七八糟的玩笑!"

小岚说:"我不是跟你开玩笑,我是向你们提供一个消息,恐怖分子将在维塔市发动炸弹袭击。"

那人说:"啊,炸弹袭击案?你真无聊!天没亮把我吵醒,听你胡说八道。知不知道报假案是要负刑事责任的。我要挂了!"

小岚急了:"别挂别挂,这位女士,你耐心点听我讲好不好。我……"

那人的声音马上变得很凶:"什么女士,我是先生,我是如假包换的先生!"

"啊,你是先生。噢,对不起,对不起。"小岚吓了一跳,这样尖利的嗓子竟然出自一个男人。她很努力才把笑声憋回肚子里。

那人似乎十分生气,又劈里啪啦骂了几句,把电话挂了。

"喂,喂!"小岚叫了两声,没有回应,只听到嗡嗡的电流声。

小岚恼火地挂上电话。没办法,只好再去找店员:

"叔叔,能再给我一个硬币吗?最好够打一个长途的。"

店员摇头,小岚又再恳求说:"我真的有很急的事,请帮帮忙。"

店员还是摇头。小岚正想说什么,眼睛余光瞥见阿拉比一只手伸进裤袋里想掏什么。这家伙,想掏枪呢!

小岚怕他惹祸,忙拉着他走出便利店。

阿拉比不情不愿地跟着小岚走:"你拉我干什么!要是看见枪,那小气鬼还不乖乖给钱。这么吝啬,气死我了。"

小岚瞪了阿拉比一眼:"笨蛋!生气也不能拿枪去吓唬人家呀!而且你一掏枪就把事情闹大了,可能不到几分钟,警车就呜呜地追来。"

阿拉比有点不好意思:"对不起。"

小岚叹了口气,说:"别说对不起,其实我也想一拳把那家伙揍扁!一个硬币就可以帮人,却不肯帮,真气人!现在怎么办才好呢?"

她说着说着,一转身不见了阿拉比,以为他又跑进店里吓唬那店员了。一看却发现阿拉比跑到马路边上,眼睛紧紧地盯着远处什么地方。

小岚顺着他的视线看去——那是一座耸入云端的大楼。

"啊！"阿拉比大喊一声，把小岚吓了一大跳。

只见他语无伦次地说："就是它，就是它！我从阿查的地图上看到过的。那不就是金美大厦吗？就是金美大厦，就是！"

小岚可是个很聪明的女孩哦，她马上想到了什么，急忙问："你是不是想说，即将发生的炸弹袭击，就是在金美大厦？"

阿拉比猛点头："对！对！"

小岚高兴地大叫起来："阿拉比，你真厉害！你终于想起来了。"

有了具体地点，事情就好办多了。据目测，那大厦距离这里不远，小岚便说："阿拉比，我们直接去金美大厦，看看情况再决定下一步怎么做。"

阿拉比点点头说："行，没问题。"

小岚拉着阿拉比的手说："好，那我们走！"

两个人直奔金美大厦而去。

第11章
恐怖袭击即将发生

俗语说:"望山跑死马",看上去距离不远的金美大厦,结果走了一个多小时,到了金美大厦时,时间已是上午七点半了。

金美大厦楼高六十多层,顶部被晨雾笼罩着。大厦的外表金碧辉煌、美轮美奂的,跟"金美"这个名字真是很配。

对这金美大厦,小岚也有所闻,她知道贾虚国所有重要的金融机构都设在里面,如果一旦出了什么问题,可以让全国的金融系统陷入瘫痪,令贾虚国的经济遭受重大损失。

阿达组织选它为恐袭目标，就是要给贾虚国造成重创，先报复后，再威胁放人。

小岚想，六十多层的大厦，该可以容纳多少人啊！一旦发生爆炸，一定伤亡惨重，所以绝不能让事件发生！

虽然这个国家的政府一向欺凌小国，令人憎恶，但这个国家的人民是无辜的，不可以让他们受到伤害！

小岚拉着阿拉比快步向金美大厦走去。

大门口站着一名护卫员，小岚对他说："先生，我要找你们的长官。"

护卫员胖胖的，长了一副娃娃脸，看样子顶多十七八岁，他问小岚："小姐，请问你有什么事找我们长官？"

小岚严肃地说："很重要的事，关系到大厦的安全问题。"

护卫员吓了一跳："安全问题？好的，我们查查理队长在楼上睡觉，我马上打电话给他。"

护卫员拿出对讲机，喊道："队长，队长，我是大门护卫员。"

"你找死啊！"对讲机里传来一声咒骂，"你不知道我半夜四点才睡吗，大清早就把我吵醒，明天就炒了你！"

护卫员吓得说话也结巴起来:"别、别……有个小、小姑娘要找你,说有重、重要事情,关、关系到大厦安全问题。"

"什么小姑娘?小姑娘的话你也信,死蠢!这大厦能有安全问题吗?从前天起,我就检查了一遍又一遍。在我的领导下,会有安全问题吗?你的脑子给狗叼走了吗?!死蠢!"

"对、对不起,对、对不起……"护卫员吓得说不出话来。

小岚气坏了,她最憎恨这种狂妄自大欺负人的家伙!她一把夺过护卫员的对讲机,大声喊道:"喂,楼上的那个什么什么队长,赶快闭上你的嘴,再迈开你的脚来到大门口,否则,一切后果由你自负!"

"啊,你是什么人,敢对我不敬!"查查理队长咆哮着。

小岚一点不客气:"想知道我是什么人,到大门口便知!"

"好啊,来就来,你别逃啊,让我来看看是哪来的臭丫头!"

不一会儿,大堂电梯门一开,走出一个男人。他手拿着一根电棒,气势汹汹地跑到大门口:"谁,是谁!谁这么胆大包天!"

"是我!"小岚迎了上去,她昂首挺胸,目光炯炯地瞪着那人。

"你……"查查理刚要说什么,但马上被小岚的气势吓住了。

小岚不客气地说:"废话少说。听着,这里已经被恐怖分子放置了炸弹,爆炸时间就在今天,具体时间不清楚。所以,你赶快报告国家安全署,马上疏散大厦内人员,禁止有人再进入,并派最精锐的技术人员前来,进行搜寻炸弹和之后的拆弹工作。"

查查理一听吓了一跳,他上下打量了小岚一番,见她一脸严肃,不像开玩笑的样子,便说:"这里说话不方便,请跟我来。"

查查理带着小岚和阿拉比上了第二十二层的保安队办公室。

"请坐!"查查理等小岚两人坐下后,便问道,"小姐,请问你有关消息的来源,因为这可不是小事。如果是虚报,是要负刑事责任的。"

小岚双目直视查查理,说:"消息来源绝对可靠。你

只管向国安署汇报。"

查查理看看小岚,又看看阿拉比。又问:"请问你们的身份是……"

小岚想,不能表露身份。因为这样一来,以现代发达的资讯,很快这消息就会传出去,恐怖组织的人马上会知道阿拉比背叛了他们,并正在破坏他们的恐袭计划,那阿拉比的六个妹妹就很危险。于是小岚对查查理说:"你不用管我们是谁。赶快通知国安署吧!时间不等人,如果耽误了,可能你我都有危险。"

查查理略一犹豫,心想如果报错案,自有这报案的人负责,但如果自己不报案,将来出了事,自己即使不炸死也要背上个大黑锅。想到这里,他说:"好吧,你们先在这里等等,我去打电话。"

查查理走出办公室,进了隔壁一个房间。

小岚松了一口气,终于把消息带到了,接下来就看国安署的本事了。

办公桌有一个电话。小岚想,碰碰运气,看看能否打长途。

她拿起话筒拨了万卡的手机。啊,竟然通了,谢天谢地。小岚大喜。

"我是万卡,请问哪位?"电话传来万卡的声音。

"万卡哥哥,是我,是我呀!"不知怎的,小岚的声音有点哽咽。

电话那头传来一声大喊:"啊,小岚,小岚,是你吗?"

小岚说:"是我,是我!"

万卡说:"小岚,你在哪里,你好吗?你现在安全吗?"

小岚说:"万卡哥哥,我现在安全,其他公主也安全,你放心。"

可以听到万卡在电话那头长长地舒了一口气,他开心地说:"太好了,太好了!真是谢天谢地!其实在恐怖分子提出换人要求之前,贾虚国已强行把阿达带走了。之后,我们一直在尝试用各种办法救你们……"

小岚说:"放心,所有人都没事。你赶快派人秘密前往日月岛,把茜茜她们五个女孩救走,转移到安全地方,但先别让她们家人和外界知道,因为这牵涉阿拉比亲人的生命安全。别难为姬玛,想办法去……"

突然"咯噔"一下,电话断了。小岚刚想再拨,见到查查理从隔壁房间探出头,鬼鬼祟祟地在窥探。

得提防这家伙！小岚放下了电话。

这时，小胖护卫员过来了，他脸上笑嘻嘻的，显得很友好。他对小岚和阿拉比说：

"队长说，让我带你们去会客室等他。他很快就来。"

小胖带着小岚和阿拉比上了电梯，小胖对小岚说："我觉得你们很了不起。"

小岚说："啊，怎么啦？"

小胖说："如果换了我，知道这里放了炸弹，早就跑得远远的。你们还特地跑来通风报信。"

小岚笑着说："你现在不也没跑吗？"

"我今天当值，职责在身，没办法。"他又说，"我还没谢谢你呢！你刚才替我教训了查查理队长。他平日可凶了，动不动就骂人。还没有人敢像你那样教训他呢！嘻嘻，真解恨！"

小岚说："对恶人，你越怕他，他越欺负你。以后，得学会保护自己。"

"嗯！"小胖使劲点点头，很认真地说，"我以后一定要像你那样，不怕恶人，不向恶势力低头！我也要像你那样勇敢，做拯救人类的正义超人。"

"对,这才像个男子汉!"小岚又问,"你好像跟我差不多年纪,怎么就出来工作了?"

小胖说:"我报读了一所国外的大学,还有半年才开学。爸爸让我出来工作半年,要我锻炼锻炼。爸妈都担任了比较重要的工作,平时很忙,我自小跟着爷爷奶奶住,到高中毕业才回到爸妈身边。爸爸老埋怨爷爷奶奶太宠我,太保护我,让我成了温室花朵,胆子小,没主见。这份护卫员的工作本来是我同学找的,他因为有事来不了,我是顶他名字来的。嘻嘻,没想到因此认识了你们!"

小岚笑了,一拍他的肩膀,说:"你可塑性很高啊,你一定能成为超人那样的好汉的!"

小胖很高兴:"真的!噢,我会努力的,谢谢你的鼓励!"

小胖看看一直没说话的阿拉比:"你好。你真幸运,有这么好的一个女朋友,又漂亮,又勇敢。"

"我……"阿拉比不知怎的脸红了。

小岚哈哈大笑说:"小朋友,别乱说话。我只是他的好朋友,不是女朋友。"

小胖说:"有你做朋友也很好啊,我能跟你做朋友吗?"

小岚说:"当然能!"说着,朝小胖伸出手,"来,握握手,朋友。我叫小岚。"

小胖高兴得眼睛眯成一条线,他赶紧伸出手,跟小岚握着,晃呀晃的:"我叫顿顿。"

电梯很快到了二十四楼,小胖把小岚和阿拉比带进了一个小小的会客室。

小胖说:"你们先在这里休息一会儿。我在门外待着。"

小岚说:"就在这里坐吧,门外站着多累!我们还可以聊聊天呢!"

小胖说:"不行。这会客室不让我们保安员坐的,等会儿队长看见了,又有借口开除我了。"说完就走出了会客室。

趁此空档,小岚给阿拉比换了一次药。

"噢,挺好的,伤口没发炎。但你尽量避免剧烈动作,提防伤口撕裂。"小岚又说,"你在沙发上躺一会儿吧,伤得这么重,又赶了这么远的路,真辛苦你了。"

阿拉比微笑着说:"没什么。如果能因此减轻罪过,我再辛苦也值得。"

小岚很真诚地说:"你救了金美大厦很多人,不管你

以前做过什么，都足以抵消了。"

阿拉比开心地笑了。他靠在沙发上，闭目休息。

小岚看着他有如雕塑一样轮廓分明的脸，心想，多帅的男孩啊，希望他今后有一个美满的人生。

小岚看了看手表，已经八点多了，怎么查查理还不来。小岚有点着急，她走到窗边。窗子是密封的，但透过玻璃可以看见楼下的情况。

大厦外面的小广场聚了好多人，他们大多都西装革履的，但也有一些是穿校服的学生。穿西装的应是一些在金美大厦工作的白领，但穿校服的呢？这就有点奇怪，这里总不会有间学校吧？

看来查查理还是有做事的，他阻止了人们进入大厦。

小岚看到驶来一辆大车，车上下来一班人，接着又从车上搬下许多仪器，正是探测炸弹的仪器。

小岚放心了，相信很快会有结果的。

第12章
超人姐姐

门外突然传来一阵争执声。咦,是顿顿和查查理的声音。

顿顿说:"队长,你为什么把门锁上关着他们,他们做错了什么?"

"很错很错,错得好离谱!"查查理怒气冲冲的,"里面这两个是滋事分子,他们谎报有炸弹,让我们白忙了一场!他们分明是受什么人指使,来破坏今天的高材小学毕业典礼的。幸好现在还不到八点半,还来得及让参加的人进场。要是误了毕业典礼的时间,我会吃不了兜着走,连饭碗也会丢掉。"

顿顿说:"啊,滋事分子?他们不像啊,也许有什么误会。"

查查理大声骂道:"真蠢!滋事分子有样子看的吗?都是你不好,之前他们来到大门口你就应该打发他们走,就是你蠢得要相信他们,要喊我下来。都是你!要是我被炒鱿鱼,我就让你垫背!"

小岚忍不住了,大喊道:"查查理,你住嘴!我问你,真没找到炸弹吗?"

查查理恼怒地说:"别说炸弹,连只苍蝇都没找到。你们耍得我好惨,我不会放过你们的。"

查查理越说越大声:"该死的害人精、恐怖分子、臭小子、臭丫头……"

阿拉比忍不住了,他气得额头青筋都露出来了:"闭起你那张破嘴!我们冒着危险来通知你们,你们还不知好歹,我看你们就该被炸得粉身碎骨!"

小岚心里何尝不生气,但一想到这件事关系到无数人的生命,便耐着性子说:"查查理,我们的消息来源是千真万确的,你让国安署再检查一遍。还有,千万不可以放人进大厦……"

查查理说:"是奥朗总统亲自下的解除禁令。你知道今天金美大厦有什么活动吗?由奥朗总统为主礼嘉宾的高材小学毕业典礼。高材小学,响当当的学校,学生家长都是政府高官及议员啊!奥朗总统能不能在后天的选举中连任,这些家长的支持举足轻重。你说,总统会放弃这个活动吗?我看你们一定是贝伯阵营的,是来搞破坏的!"

我的天!小岚心里暗暗吃惊,总统今天会在金美大厦出现!原来阿达组织不光是要破坏贾虚国的金融系统呢,他们是想要了奥朗总统的命!

可怕的是,恐怖分子为了达到目的,不惜连累千千万万无辜市民。

小岚看了阿拉比一眼,见到阿拉比也正在看她。小岚发现,他神情紧张。

阿拉比说:"小岚,我记起来了,爆炸地点是十九楼的礼堂,一个能容纳几千人的大会堂。"

天哪,几千人!还不算在其他楼层的人。小岚感到不寒而栗。

曾听万卡说过,现任总统奥朗跟另一总统候选人贝伯的支持率不相上下。奥朗为了击败对手,四处拉票。选战

已进入白热化阶段。所以,正如查查理所说,他不会放过这巴结权贵们的大好机会的。为了连任他不惜一切,包括许多小学生的生命,市民的生命……

不行,不能让悲剧发生!

小岚叫着:"查查理,你马上让国安署的官员来见我……"

门外传来顿顿的声音:"小岚,别喊了,队长走了。"

小岚急了:"你马上用对讲机叫他回来。"

顿顿叹了口气说:"他嫌我不听话,把我的手机和对讲机都拿走了,还把这一层的全部保险门都关了。你无法上楼或下楼……"

天哪,这个笨蛋!他这样做的结果,会令包括他自己在内的无数人丢掉性命的。

这时,阿拉比又想起了什么,他用焦虑的目光看着小岚:"我什么都记起来了。今天的炸弹在大会开始后的一刻钟引爆,即九时十五分。炸弹就藏在讲台下。那是一个名叫'无形'的新型炸弹,是阿达组织炸弹专家的最新发明。它体积很小,但威力足以令整座大厦倒塌,而且很难

用仪器探测到……"

九点十五分?

小岚看看表,刚好八点五十五分,只剩下二十分钟了。

小岚焦急地跑到窗前,见到原先聚在小广场的人们已开始鱼贯进入金美大厦。他们说说笑笑的,根本不知道自己正走进一个极端危险的地方。

又见到小学生的队伍过来了,他们应该是参加毕业典礼的高材小学的学生。这群天真活泼的孩子正兴高采烈地走入大厦,完全没想到一场灾难正等着他们。

小岚心里如小鹿乱撞:天啦,得赶快想办法,我要救这些小朋友!

她对阿拉比说:"我们先出了这会议室再说。"

阿拉比说:"好!我来砸门。"

室内只有几张笨重的布艺沙发和一张玻璃茶几,都不是砸门的工具。小岚急得大喊:"顿顿,拯救人类的时刻到了,帮帮我!"

顿顿兴奋地问:"是!请问我可以怎样做?"

小岚说:"我看这会议室的门不厚,你想办法把门砸开,让我们出去。"

顿顿说:"遵命!"

顿顿很快找来工具,砰砰砰地砸起门来。砸了十几下之后,砰!穿了一个小洞。阿拉比走上去,使劲用脚去踢。一下,两下,三下,门洞越来越大。

小岚看看可以了,便从门洞钻了出去,阿拉比也跟着出去了。

小岚一看手表,九点了。

顿顿见了小岚,第一句就问:"小岚,真的有炸弹吗?"

小岚说:"是的,就在十九楼会场内,九点十五分爆炸。我们尽快想办法去十九楼,拆掉炸弹,否则整幢楼都会倒塌。"

顿顿听了脸色发白:"我的妈呀,这牵涉到多少人命啊,光是高材小学就有几千人呢!"

小岚问顿顿:"这里几楼?"

顿顿说:"二十四楼。"

小岚又问:"这层楼的出口在哪里?"

顿顿说:"这一层是专门租给一些客人做商品陈列室的。由于租用客户一般是些珠宝手表或贵重电器的商人,

所以这一层设有特别的保安设施，后楼梯和电梯都有坚固的保险门。刚才队长临走时，把保险门都锁死了，所以，我们是无法离开这一层的。"

阿拉比沿着走廊走了一圈，回来说："看来，这一层就像铜墙铁壁，唯一能打开的，我看只有玻璃窗了。"

小岚说："那我们可以从窗口爬出去，爬到下面二十三楼，然后再走下楼去。"

顿顿说："不可以不可以。因为今天奥朗总统要来这里参加活动，所以十九楼的上四层和下四层都封锁了，由警察把守着。你在二十三楼一出现，恐怕就会被他们抓住。"

小岚说："按你这么说，我们只能从这里直接往下爬到十九楼。不过，这样做太危险了。"

"我去吧，我学过徒手攀爬高楼。"阿拉比说完，又问顿顿，"十九楼礼堂的窗口朝哪边开的？"

顿顿想了想，说："南面。我记得朝南有一排窗户。"

小岚担心地看着阿拉比，但因为没其他方法可想了，只好跟着他走到南面窗口。

窗口是密封的，阿拉比猛摇了几下，窗框纹丝不动。他又拿来一张椅子，朝窗玻璃砸去，没想到玻璃坚硬得像

钢一样,连裂纹都没有一条。

顿顿一直在不停地看手表,这时他着急地说:"糟了糟了,九点零二分了。"

阿拉比想了想,从衣袋里掏出一把多用小刀,拉出其中一根小铁条。他把小铁条往玻璃的四边用力割去,只听到几下轻微的断裂声,阿拉比手疾眼快,伸手把中间一块被割开的玻璃拿了下来。

"啊,真厉害!"顿顿惊叹着。

阿拉比对小岚说:"我下去了,要是有什么事,替我照顾我的姐妹。"

"这、这……"小岚真不知道怎么办才好。

阿拉比头上有伤,还要徒手往下爬四层楼,这万一……但她一时也想不出什么更好的办法。

阿拉比已开始行动,他用手一撑,坐到了窗台上。但是,没等他坐稳,身体就晃了晃,差点掉下去,吓得小岚和顿顿急忙拉住他,把他从窗台上扶了下来。

阿拉比觉得有点头晕目眩,他闭着眼睛,一会儿才定了定神。之后,他又推开小岚和顿顿,想再跃上窗台。

这下小岚是坚决不答应了,以阿拉比现在的状态去

攀墙，真是危险万分。她拉住阿拉比："不行，我不许你去！"

阿拉比努力想挣脱小岚："九点零五分了，再不下去就晚了。"

两人拉拉扯扯的，小岚不小心碰了一下旁边一扇小木门，那小木门竟"吱呀"一声打开了。一看，里面竟是一个放置消防设备的暗格。

小岚一霎间看见了里面那捆消防喉管。

在电影出现多次的情景瞬间在她脑海里出现：危急之际，人们用消防喉管做绳子，爬下楼去……

她不禁大喊一声："对，就是它！"

小岚把消防喉管拉出来，阿拉比和顿顿马上明白了她的用意，也帮着她，一起把喉管拉到窗口下面。

阿拉比迅速把喉管一头绑了一个套子，要把套子套到自己腰间。

顿顿拦住他，说："你身体不行，由我下去吧！"

阿拉比看看顿顿接近两百斤的身体，说："不行，这喉管承受不了你的重量，还是我去吧！"

小岚一把抢过那套子，说："我去！我身体轻，你们两个可以很容易把我放下去。"

阿拉比猛摇头:"不行,我不能让你去冒险。"

小岚看看手表已经九点零八分了,她斩钉截铁地说:"谁再跟我争就跟他翻脸!"

她不由分说就把套子套到了自己腰上,又对阿拉比喊:"快,把我放下去!"

阿拉比无奈,只好说了句:"小心!到了十九层就拉拉绳子。"

阿拉比和顿顿小心地把喉管往下放。

第二十三层,第二十二层,第二十一层,第二十层,到了,到第十九层了。小岚赶紧拉拉绳子,阿拉比和顿顿收到了信号,停止了放喉管。

小岚一看,在她左边一米远有个窗子,而且窗门是敞开的。小岚大喜,马上往左一荡,想抓住窗门,但没抓住。

小岚定定神,对自己说:"没时间了,这回一定要抓住!"

她看准那窗子的位置,使劲一荡。

啊,抓住了!

小岚抓住了窗门,一使劲,跳上了窗台。

她马上看见了一个黑压压的坐满了人的礼堂。礼堂前面的讲台上，一个年近六十的男人在慷慨激昂地演讲。那人正是现任总统奥朗。

有几个小学生一扭头看见了小岚。其中一个小女孩惊讶地喊了起来："啊，超人姐姐！"

这一喊，把所有人的目光全引到小岚身上了。几个本来站在奥朗身边的保镖一见，马上大喊起来：

"有刺客！"

"保护总统！"

小岚一见不好，马上解下喉管套，往地上一扔，然后跳进礼堂里。她大喊一声："我不是刺客！礼堂里有炸弹，快要爆炸了，想活命，别拦我！"

两个保镖没有理会她说的话，仍跑过来要抓她。

小岚急了，先飞起一脚，踢倒一个，再飞起一脚，踢倒另一个，又向讲台冲去。

奥朗脸色发白，站在讲台前不会动了。小岚猛地把他推开，然后按阿拉比说的地方一摸，果然摸到了一个扁扁的小盒子，小盒子是用胶带粘在讲台面板下面的。

小岚用力一扯把炸弹扯了下来。

人们见到她手里拿着的小盒子,都吓呆了。小岚眼睛余光瞥到墙上挂钟已指着九点十三分。

只剩下两分钟了。

打开盒子,小岚马上吓了一跳,天哪,怎么情况就如电影里的一样。盒子里有个显示屏,显示着不断过去的时间:九点十三分五十秒,九点十三分五十一秒……

还有跟电影里一模一样的就是,里面有两根电线,一根蓝的,一根红的。小岚记得电影里的情节,知道其中一根是取消爆炸,而另一根则是立即引发爆炸。

天哪天哪,刚才怎么忘了问阿拉比,该扯断蓝色电线,还是红色电线!

扯断蓝色?扯断红色?

小岚的手抖了,千万条人命的安危,就在自己一念之间。

挂钟已指着九点十四分。

没时间再考虑了,小岚想,就碰碰运气,扯断红色吧!她拉起红色电线刚要扯……

忽然听到有个女孩子大叫:"啊,超人哥哥!"

小岚一看,是用喉管吊着的小胖子,在窗外一荡一荡的。他大叫着:"小岚,扯断蓝色。"

小岚一惊,放开了那条红色电线,拿起蓝色电线用力一扯。

显示屏上的数字,在九点十四分五十一秒上面停止了。

小岚只觉得浑身一点力气也没有了。

她脸色苍白地看着窗外吊着的顿顿,正想向他致意。突然,她看见吊着顿顿的喉管"噗"地断了。

啊!

真是万幸,顿顿及时抓住了一扇窗门。

第13章
小岚被人利用

清醒过来的摄影记者纷纷拿起相机要拍摄,小岚赶紧夺路而走。

身后听到奥朗总统大喊:"拦住她!"

小岚没能跑掉,她在外面走廊被一群总统保镖拦住了。她被带进了另外一个小礼堂,领头的一个长着招风耳的人跟她说,总统等会儿要接见她。

小岚见没法跑掉,只好无奈地找了个座位坐下。她根本不想见这个奥朗总统。

突然礼堂大门一开,有四名保镖带着一个人走了进来。

小岚被人利用

那人竟是阿拉比。

小岚有点着急,天哪,他不可以曝光的,这些人是怎么找到他的呢?

小岚站起来,迎上去拉住阿拉比的手,小声说:"你还好吗?他们是怎么找到你的?"

阿拉比脸色苍白,说话也好像没有力气似的:"我把顿顿放下去之后,力气用尽了,躺在地上动弹不得。一会儿上来一拨人,把我抓住,带到这里来。"

小岚扶阿拉比坐下,把他的鸭舌帽再压低一点,又小声说:"等会我们都不要说出真正身份,就按之前商量的,说我们是游客。"

一会儿,走进一群人来。

小岚和阿拉比都愣住了,好一大帮人!除了奥朗总统和五六个保镖模样的人,其他五六十个全是手拿采访器材的记者。

小岚心里暗暗叫苦。五六十个记者,那表示起码有几十个传媒机构来了。希望能隐瞒真正身份吧,要不事情一报道,全世界都会看到。那阿拉比的妹妹们就危险了。

奥朗笑眯眯地朝小岚和阿拉比走了过去。小岚对这个以捍卫世界和平为幌子,实质上肆意侵害弱小国家利益的

人从来没有好感，但是为避免暴露身份，她只好按捺下自己的厌恶，拉着阿拉比，不情不愿地站了起来。

没想到，奥朗说的第一句话就让小岚大吃一惊："小岚公主，谢谢你救了我，谢谢贵国的支持！请代我向尊敬的霍雷尔·万卡国王转达最衷心的感谢！"

啊，小岚大吃一惊。奥朗怎么知道自己身份的。她想起了早上打电话给万卡时，隔壁房间查查理鬼鬼祟祟的事。难道是查查理发现了什么，向奥朗告了密？

这时，奥朗又握住阿拉比的手，一副亲切的样子："阿拉比兄弟，谢谢你弃暗投明，帮助我粉碎了阿达组织的又一次阴谋。"

阿拉比脸上露出憎恶的表情。

奥朗走到小岚和阿拉比中间，伸手搭在他们肩膀上，说："恐怖分子想杀我，想破坏我继续为贾虚国人民谋幸福，为世界和平作贡献，在金美大厦制造恐怖袭击。但这些暴行是绝对吓不倒我的。我向天下人宣布，我奥朗是一个铮铮铁汉，我绝对不会向恐怖势力低头。我也向贾虚国全体国民承诺，如果我有幸继续连任，一定要把恐怖分子全部消灭，还全国人民和所有地球人一个和平世界。"

"哗啦啦……"一阵热烈的掌声。

没想到一次未遂的恐怖袭击,都可以被这人利用来争取选票。这个人太狡猾了!

"支持奥朗总统!"

"支持奥朗总统连任!"

记者们一边鼓掌,一边呐喊着。

小岚用充满鄙视和厌恶的眼神看着奥朗。她已完全明白奥朗此举的用意了。

这记者招待会的内容,绝对不能刊登。她觉得自己不能不出声了。

她扭头看看阿拉比,见他一脸焦虑和愤怒,便小声说:"你放心,我不会让报道刊登的。"

她对奥朗说:"总统先生,能让我单独跟你说几句吗?"

奥朗笑容满面:"可以啊!"

他带着小岚进了旁边一间小房间。

小岚郑重地对奥朗说:"总统先生,请马上中止这场记者招待会,并通知传媒,刚才的新闻内容绝对不能刊登!"

奥朗脸上仍不改笑容:"为什么呢?新闻发布会很成功啊,你们将成为反恐英雄,贾虚国的国民都会记得你们的。"

小岚说:"你知不知道,这新闻一出去,会害死人的。"

奥朗好像很惊讶:"这我就不明白了,这么有价值的新闻,怎么会害死人呢?"

小岚说:"阿拉比有六个妹妹,在阿达组织的控制之下。一旦让阿达组织的人知道阿拉比背叛了他们,就会杀死他的妹妹,以示警告。六个无辜的小女孩,会因为这个记者招待会而陷入险境的!"

"啊!"奥朗听了一愣,"有这样的事?"

小岚恳切地说:"是的。所以,在阿拉比的妹妹们安全解救出来之前,请你无论如何不能作有关我和阿拉比的报道。另外,请你看在阿拉比救了金美大厦,立下大功的份上,立即派人去拯救阿拉比的妹妹们。"

奥朗皱着眉头想了想,最后点了点头,他说:"我答应你,我不会让传媒报道刚才的记者会的。救人的事,我会马上打电话给那里的维持和平部队,让他们马上出动救人。"

能够让维和部队直接去救人,这是最快捷妥当的方法。小岚高兴极了,真诚地对奥朗说了声:"谢谢您!"

奥朗说:"不过,我也有一个要求。在没有救到人之前,你们要留在这里,也暂时不要跟外面有任何联络。因

为外国情报人员无孔不入,你们的身份很容易暴露。这样就如你所说,会危及阿拉比的妹妹。"

小岚一心想快点救出阿拉比的妹妹,何况奥朗的要求也很合理,便毫不犹豫地答应了。

这里小岚话音刚落,就听到外面轰隆一声闷响,接着是一阵惊呼声。小岚和奥朗不知发生了什么事,忙打开门走出去,一看,原来是阿拉比昏倒了。

两天来的伤患和劳累,还有对亲人的担心,令他心力交瘁,他再也支撑不住了。

小岚急忙给阿拉比把脉,还好没什么大问题,休息一下便好,小岚这才放下心来。

奥朗说:"阿拉比兄弟没事,我也放心了。这里四十一楼有个总统套房,请小岚公主和阿拉比到那里休息,等救人的事有了消息,我马上通知你们。"

小岚也想让阿拉比好好休息一下,便同意了。

总统套房有一个很大的客厅,还有三个卧室,小岚让人把阿拉比扶进了其中一个卧室,让他躺下。

当帮忙的人走了以后,阿拉比醒了。他迷惘地看着小岚,突然想起了什么,马上硬撑着要起来:"我要离开这里,我要去救妹妹!"

小岚忙按着他:"远水救不了近火,你们国家离这里太远了。不过你放心好了,奥朗已经答应,不会报道今天记者招待会的内容,也不会让传媒透露我和你的身份,他还答应派当地的维和部队去救你的妹妹。"

"真的?"阿拉比松了口气,"没想到这奥朗还有点人味。"

"因为你,他今天才逃过了一劫。他如果有半点良心,都应该为你做点事啊!奥朗总统说,让我们暂时留在这里,一旦有你妹妹的消息,就会马上告诉我们。"小岚又关心地说,"你好好睡一觉吧,一有你妹妹的消息,我就叫醒你。你放心睡,啊!"

阿拉比像一个听话的孩子,点点头,很快就睡着了。

他在做梦,嘴里喃喃着,脸上露出温暖的笑容。也许,他梦到和妹妹们欢聚一堂呢!

小岚看着他的脸,这男孩子对他的家人的爱令她十分感动。

他是因为救公主,救贾虚国的人民,才让自己最爱的亲人陷入险境的啊!

小岚心里暗暗祈求,希望他的妹妹们赶快获救,希望他们兄弟姐妹早点团圆。

她走出卧室,在卧室门口一张沙发坐了下来。她其实也很累了,但她坚持着不睡,她要等着那六个女孩子的消息。

她心里也惦挂着日月岛上的公主们,万卡接走她们了吗?

她的眼皮越来越重,就这样靠在沙发上睡着了。她已经两天两夜没有休息了。

第14章
这个总统太卑鄙

阿拉比也许太累了,这一睡,竟睡了五六个小时,直到华灯初上时,他才醒过来。

周围静悄悄的,阿拉比忙爬起床,走出卧室。

他看见小岚靠在门口沙发上,睡得正香。啊,原来她一直守在自己卧室门口呢!

阿拉比太感动了。她是一个公主啊!有谁想到,一个公主能这样关心一个平民百姓,这样为一个平民百姓的事情操心。

小岚感觉到有人站在面前,便一下睁开了眼睛。

"啊,你醒了?睡得好吗?头还有没有晕?"她关心地问阿拉比。

"睡得很好！"阿拉比做了几个打拳的动作，"你看，没事了。"

小岚急忙阻拦说："别太使劲，小心伤口。"

阿拉比心里感到挺温暖的。他觉得小岚真不像是个高高在上的公主，倒像是一个会关心人的小妹妹。

妹妹！阿拉比突然想起了自己的妹妹们，马上问："有妹妹的消息吗？"

小岚摇摇头说："还没呢！放心好了，只要我和你来这里的事不透露出去，你妹妹她们应暂时没事的。"

小岚替阿拉比把把脉，脉象平稳多了。再替伤口检查，也没有发炎迹象，一切在好转。小岚放了心。

小岚说："你今天一天都好像没吃什么东西呢，我叫人送些吃的来。"

小岚打开门，这才发现门口守着六个保镖。这奥朗的保卫工作也做得够严密的。

那六个人倒挺有礼貌的，一见小岚，便鞠躬行礼，其中一名长着两只招风耳的，挺脸熟的，小岚记得是之前见过的那个小头目。这时，"招风耳"问道："请问公主有什么吩咐？"

小岚说:"请找人送些吃的来。"

"招风耳"说:"好的,马上送来!"

果然是"马上",不到十分钟,便有人敲门。小岚把门打开,有人笑嘻嘻地推着餐车走进来。啊,竟是顿顿!

消防喉管崩断的那一瞬间,幸亏他及时抓住了窗子,才没有从十九楼掉下去,只是把手上的皮磨破了。

小岚见到他很高兴:"顿顿,怎么是你呀?"

顿顿也很高兴,说:"噢,真高兴见到你们!刚才有人来叫找个人送餐,我自告奋勇来了,真没想到是你们呢!我一直在找你们,要不是你们,金美大厦今天不知要死多少人呢!恐怕我也是其中一个,你们是我的救命恩人呢!"

顿顿不停嘴地继续说着:"你们真厉害!特别是小岚,你只是一个女孩子,但是比很多男孩子都勇敢。你们简直是正义的超人!"

小岚真心地说:"顿顿,其实你才是正义超人呢!早上要不是你冒着生命危险下来告诉我扯断蓝色电线,我会扯了红色电线呢!"

顿顿笑得合不拢嘴:"我也是正义超人?嘻嘻,谢谢你,小岚。"

小岚看看他用纱布包着的手,问道:"你的手没事吧?"

"没事,只有一点点疼。"他又喜滋滋地告诉两人,"现在大厦里很多人都认识我了,见到我都伸出大拇指说谢谢。不过,查查里队长比我幸运呢,他今天升职了,还说是总统先生建议升他的。谁知道他立了什么功!"

顿顿的话,引证了小岚之前的怀疑。

毫无疑问,是查查理发现小岚打电话,设法拿到了通话内容,然后向奥朗告了密,奥朗才知道她和阿拉比的身份的。

该死的查查理!

这时,顿顿指着餐车说:"我还有事要忙呢,你们慢慢吃,等会儿我来把餐车拿走。"

顿顿朝门口走了几步,又从牛仔裤后袋抽出一份报纸:"刚到的晚报,我还没看呢!你们待在这里很闷吧,先让你们看!"

"谢谢!"小岚接过报纸。

小岚一边吃东西,一边把报纸摊在桌上看。

"啊,怎么回事?"她突然惊叫起来。

阿拉比吓了一跳,问:"什么事?"

小岚用手指着头版。原来,在报纸的头版头条上,竟然以特大字号报道了今天记者招待会的所有内容!

报道说:"……我们的好总统奥朗,不但履行了他任内的承诺,抓住阿达,还成功感化了一名阿达战士阿拉比,化解了一场恐怖袭击,救了金美大厦千万条人命。还有,奥朗总统还获得世界上一个经济能力和军力都十分强大的国家——乌莎努尔的支持。乌莎努尔公主马小岚亲临我国,为奥朗总统竞选连任助阵。相信奥朗总统这次定能连任成功,定能给贾虚国人民带来前所未有的福祉,给全世界带来空前的和平稳定!"

阿拉比看完,眼睛都直了,一时间竟出不了声。

小岚十分愤怒:"是奥朗干的!奥朗根本不想放弃宣传自己的机会,他根本没有阻止传媒报道记者会的事。为了他能连任,可以贪天之功为己有,可以置别人生命不顾。真是太卑鄙了。我们都太天真了,竟然相信奥朗这样一个不择手段的人。"

阿拉比一把抢过报纸,一边撕一边骂:"卑鄙小人!骗子!"

小岚突然想到了什么:"糟了,奥朗既然可以骗我们说不会报道记者会的事,那他也有可能根本没有派人去救你的妹妹,他只是为了稳住我们!"

阿拉比顿时脸色发白,他站起来,就朝门口冲去:"啊,这小人,这骗子,我要杀了他!"

小岚赶紧把他拉住:"你出不去的,看来奥朗早已有提防。他派了六个保镖守在门口,原来不是为了保护我们,而是为了阻止我们离开。他怕我们知道他的无耻,他怕我们出去捅破他的谎言。"

阿拉比焦急万分:"那怎么办,我六个妹妹,由五岁到十五岁,她们根本无法保护自己。"

小岚说:"别着急,会有办法的。我设法通知我们国王万卡,让他尽快去救你妹妹。"

阿拉比说:"但现在我们没电话,又出不去,怎么跟外面联系呢!"

正在这时候,门"吱呀"一声开了,顿顿走了进来:"两位,东西吃完了吧!我来拿餐车。"

小岚和阿拉比互相看了一眼,都喜形于色。请顿顿帮忙!

小岚故意大声说:"还差一点吃完,你再等一会儿。"

小岚一把将顿顿拉进屋里,关上门。

她说:"顿顿,有带手机吗?"

顿顿指指门外,说:"没有,刚才让门口那些凶神收走了。他们说是为了保护你们。保护你们干吗要收走我的手机呢,真不明白。"

小岚有点失望,想了想,又对顿顿说:"顿顿,能帮我一个忙吗?"

"能,太能了!"顿顿拍拍胸膛说。

在顿顿心目中,小岚已是他的偶像,能替偶像办事,很光荣呢!

"你等会儿用我的名义发一条短信。"小岚在一张小纸片上写了一串阿拉伯数字,"这是电话号码。"

顿顿接过纸片,说:"行。我办事,你放心!短信怎么写?"

小岚说:"顿顿,你记着:万卡,速往拯救阿拉比六个妹妹。"

顿顿一看眼睛睁得像铜铃,定定地看着小岚:"万卡?他不是乌莎努尔的国王吗?让他去救阿拉比的妹妹?发生了什么事?你们是什么人?"

小岚说:"顿顿,你相信我吗?"

顿顿马上点头说:"信,我信你!"

小岚点点头:"谢谢你信任我。既然相信,你就别问那么多了,情况紧急,我很难用三言两语跟你说清楚一切。以后有机会,我慢慢告诉你。"

顿顿像是下了决心:"好,你放心,我帮你!"

这时候,外面有人敲门:"小胖子,好了没有。别磨蹭了,赶快离开!"

"哎,马上出来。小岚,明天见,明天的早餐还是我送呢!"顿顿推着餐车走了。

阿拉比问小岚:"万卡国王真的能救我的妹妹吗?"

小岚毫不犹豫地点头:"能,他一定能!"

她知道,万卡收到信息后,一定会不惜一切代价去完成她的嘱托的。

阿拉比突然用手捧着头,一声不吭。

小岚以为他是着急妹妹,忙安慰说:"你别担心,相信我,我们国王一定会救出你妹妹的。"

阿拉比仍然抱着头一动不动的,弄得小岚不知如何是好。

一会儿，阿拉比才放下手，说："小岚，对不起，让你担心了。刚才头一下子很痛，现在没事了。但刚才头痛的时候，反而让我记起了一些事情。"

小岚很惊喜，急忙问："啊，你又记起一些事情了，是什么事情。"

阿拉比的脸一下子红了，支吾着："哦，只、只、只是一些小事。"

小岚盯着阿拉比的脸，这是个不懂撒谎的男孩儿，他把尴尬都写在脸上了。

小岚说："阿拉比，你看着我，你看着我的眼睛！"

阿拉比躲闪着，不敢正眼看小岚。

小岚说："阿拉比，你骗我，你是不是在隐瞒什么？"

阿拉比低着头："没有。"

"你一定有事瞒我！你再不说，我要生气了！"小岚气鼓鼓地撅着嘴。

阿拉比抬起头，看着小岚，哀求似地说："小岚，求你别生气，也求你别逼我！"

小岚说："好，我不生气，我不逼你，你自己说。"

阿拉比吞吞吐吐地说："我……我记起了阿查的Ｃ计划。"

小岚一惊："啊，Ｃ计划？！你记得Ｃ计划了！内容是什么？他们还准备搞什么恐怖袭击。"

阿拉比欲言又止。

小岚焦急地说："你说呀，快说！"

阿拉比显得很苦恼："小岚，我不能说，不能说！小岚，你也别管了，反正，别再为这个背信弃义的总统和国家操心了。"

小岚耐心地说："我理解你的心情，因为我也被奥朗骗了。但是，骗我们的、背信弃义的人，是奥朗，但如果再有恐袭发生，遭殃的会是许多无辜平民百姓。"

阿拉比说："不会的，你信我，Ｃ计划不会死人的。"

小岚急了："那你为什么不能告诉我？急死我了！"

阿拉比说："是因为……因为……嘿，我不能说呀！"

小岚转转眼珠，说："那你告诉我，为什么不能说？"

"为什么？就因为……"阿拉比差点说出来了，但马上又把话吞回去，"不行，这'为什么'也不能说！"

小岚气得像只鼓气青蛙似的，她一顿脚，站了起来，

气呼呼地扔下一句:"好啊,我以后都不理你了!我们再也不是朋友!"

说完走进另一间卧室去了。

小岚躺到床上,生气地用被子捂着自己。

这阿拉比怎么啦?看来自己对他的教育还不够,怎能容许恐怖袭击发生呢?他说不会死人的,又是什么意思。

小岚想着想着,竟睡着了。

第15章
C计划是什么

小岚一下子惊醒,她一骨碌爬起来,一看窗外,天已是大亮了。

她定了定神,想起了昨晚的事。

C计划!

啊,阿拉比还没讲出恐怖分子C计划的内容呢!这坏小子,真想揍他一顿!

小岚气呼呼地走出卧室,一看,原来阿拉比还坐在沙发上发呆。连那姿势都跟昨晚自己生气离开时一样。

"你、你昨晚一直坐在这里?"小岚吃惊地问。

阿拉比抬起头,那一脸苦恼,令小岚看了都有点难受。

C计划是什么

小岚坐到他身边:"你怎么不去睡?"

阿拉比用惶惑的眼光看着小岚:"小岚,你真的不把我当朋友了吗?"

小岚心里一咯噔,这家伙,还记着昨晚跟他说的那句话。

她心里有点七上八下,说原谅了他吗?那等于接受他的隐瞒;说不原谅,让他继续难受下去吗?他到底还是有伤在身啊,又不想太难为他。

唉,好为难!

好像要替小岚解围似的,有人敲门,原来顿顿送早餐来了。

"顿顿,你来了!"小岚高兴地说。

顿顿表现得有点神神秘秘的,他一进门,就马上返身把门关上。

不等小岚问,他就主动汇报:"小岚,我昨天一拿回手机,就马上替你发了短信,而且很快就收到了回复呢!"

小岚高兴地问:"说什么?"

"我把回复背下来了。万卡国王说,'放心,必全力以赴救人!注意安全。'"顿顿认真地说。

小岚高兴地拉着顿顿的手,说:"谢谢你,顿顿!"阿拉比脸上也绽开了笑容。

"哎,告诉你们一个秘密。"顿顿鬼鬼祟祟地看了看大门,见到关闭好,才小声说,"刚才我坐电梯上来,电梯门一开时,见到那六个人在说话,猜我听到了什么?"

顿顿卖关子似的,故意不说。

小岚瞪了他一眼,说:"猜不到。快说嘛!"

顿顿说:"我听到那几个家伙说,今天上午会召开一个恐怖分子公审大会呢。"

小岚突然记起,临出发前的那天晚上万卡讲过,奥朗打算在选举前,利用抓获阿达这件事搞一些宣传活动,以炫耀他的反恐成绩,看来就是指这公审大会了。

她无意识地看了阿拉比一眼,没想到阿拉比好像做了什么亏心事似的,不敢看她。

小岚脑子里电光火石般闪了一下,她有点明白了。

她心里暗想:哼,好个阿拉比,等会儿再审你!

小岚和顿顿一起把食物拿到桌子上。

顿顿说:"好啦,我得走啦!门外那些人吓唬我,叫我别在这里耽搁太久。他们好凶!我等会再来拿餐车和碗碟。"

C计划是什么

顿顿一离开,小岚就拿眼睛瞪阿拉比:"你不说我也知道,你死活不肯讲的C计划,是跟今天的公审大会有关,是不是?"

阿拉比尴尬地低下头。

小岚继续说:"我猜猜,阿查是准备派人劫走阿达,对不对?"

"啊!"阿拉比大惊,他瞠目结舌地看着小岚,说不出话来。

阿拉比的神情已告诉小岚,她猜对了。

小岚气呼呼地看着阿拉比:"你呀,你呀!你干吗不告诉我!"

"我、我……"阿拉比抬起头,苦恼地说,"我可以背叛组织,可以拒不执行杀害公主的任务,可以和你一起阻挠金美大厦恐怖袭击。但是阻止组织救走阿达,我做不到!阿达救过我们,你可能不知道饥饿的滋味,你可能没见过瘦得只剩下一副骨头的人。当我的姐妹们快要饿死的时候,我曾在心里想,要是谁给我妹妹一口饭吃,我愿意为他做任何事,会感激他一辈子……"

小岚说:"阿拉比,你听我说!是的,从表面上看,阿达是救了你们,但他给你们一点好处,你和姬玛却要

用鲜血和生命作回报；而更重要的是，他救了你们，却是为了利用你们去造成更多人的死亡。阿达多次策划恐怖袭击，令许多人惨死，不可以再让悲剧发生了，不可以再让他逍遥法外了！"

"这些我都明白，只是……"

小岚一挥手说："好吧，我不勉强你，你想通了，就和我一块去阻止这件事发生；想不通，就各走各路，我们道不同不相为谋。"

阿拉比苦着脸看着小岚。

小岚说："时间不等人，我得马上通知奥朗，希望他能撤销今天的公审大会。"

小岚打开门，那"招风耳"一见便马上走了过来："公主殿下，请问有什么吩咐？"

小岚说："我要找奥朗总统，有要紧事跟他说。"

"招风耳"说："是，请公主稍等。"

"招风耳"拿出手机拨电话。

小岚其实并没有把握奥朗能接纳她的意见，奥朗要借国民关心的反恐问题作最后一搏，所以他肯定不想放弃这个炫耀反恐胜利的公审大会。

"招风耳"拨通了奥朗的电话，把手机交给小岚：

C计划是什么

"公主殿下,请跟奥朗总统说话。"

小岚接过电话,说:"总统先生,我是马小岚。"

奥朗假装热情:"小岚公主,昨晚休息得好吗?有什么需要我去做的,请尽管吩咐。我一定替你办好。"

小岚打心里讨厌这个人,她不想跟他多说什么,马上直奔主题:"有一件很紧急的事提醒你。阿达组织的人会趁着公审大会劫走阿达,所以建议你马上取消今天的活动。"

奥朗说:"首先谢谢小岚公主对我国的关心。不过,我不会害怕的,他们敢来抢人,我就敢把他们全部消灭。"

小岚早知如此结果,不禁有点生气:"总统先生,公审大会必定有大批民众参加,如果恐怖分子抢人,必定会对民众造成危险,难道你不关心民众的死活吗?"

奥朗说:"公主言重了,我们会采取必要的安全措施保护市民的。即使有些小伤亡,那也难以避免,为反恐作出牺牲,是一种光荣!"

小岚不客气地说:"如果牺牲的是你,或者你的家人,你还可以这样毫不在乎吗?"

电话那头奥朗显然愣了愣,停了停才结结巴巴地说:

第一公主

"那、那当然，我随时准备为贾虚国贡、贡献一切。"

小岚心里对这个表里不一的人已经厌恶之极，她大声说："奥朗先生，你这样一意孤行，会害死很多市民的，你不怕成为千古罪人吗？"

奥朗嘿嘿一笑："小姑娘，劝你别多事了，你别忘了你现在是在我统治的国土上。"

小岚说："很快就不是了。摒弃人民的人，必将被人民摒弃。"

奥朗气急败坏地说："啊，你、你你你……"

小岚说："我现在再没兴趣跟你说话了。你自己一边反省去。还有，我和阿拉比要走了，你让那六个门神让开一条路。"

奥朗奸笑着："你和阿拉比都不能走。等会儿我还想邀请你们参加公审大会呢！一个是堂堂大国的尊贵公主，一个是被我感化的恐怖分子，那会给我脸上增添多少光彩啊！希望你们接受我的诚意邀请，别尝试不辞而别啊！我的保镖会'客气'地留住你们的。"

小岚冷笑一声："我想你一定会失望的。"

"不会的，我们等会儿见。尊敬的公主殿下！"奥朗把电话挂断了。

C计划是什么

"招风耳"拿回电话,又朝小岚做了个"请回"的姿势。小岚笑笑,不愠不怒地走回了总统套房。

阿拉比说:"那大骗子说什么?"

小岚说:"如我所料,他不肯放弃今天的公审大会,他还无耻到要利用我们呢!我们要赶快离开这里。"

阿拉比说:"好!我们冲出去吧。"

小岚说:"门外有六个人,你现在还带着伤,怎打得过他们?"

阿拉比说:"那怎么办?这里是四十楼,又没有这么长的消防喉管可以让我们滑到地面!"

小岚的眼睛突然落在顿顿推食物进来的餐车上。

今天顿顿用的餐车跟昨天的不一样,是旧式的。它有半人高,长长方方的,面上铺一块洁白的桌布,在四面低垂下来……

小岚过去用手撩起桌布,餐车有块底板,完全可以蹲两个人!

"啊,顿顿,顿顿,你今天这车子用得好,简直就是为了帮我们而来的。"小岚兴奋地说,"等会儿我们就躲在里面,神不知鬼不觉地让顿顿把我们推走……"

第16章
囚车在蓝十字路口被劫

顿顿提心吊胆地带着小岚和阿拉比,从餐饮部后门走了出去,来到了一条大街上。这时,他才大大地松了一口气。

"啊,吓死我了,吓死我了!"顿顿用手拍着胸脯,脸色苍白,看来还心有余悸。

小岚哈哈大笑说:"你胆子真小!刚才推着餐车经过那六个保镖身边时,我躲在车子里,也感觉到你的腿在发抖呢!"

阿拉比也忍不住笑了。

"哪里哪里,没有啊!"顿顿死撑着不承认。

"就是就是,我看见了,看得很清楚呢!"小岚不依不饶。

阿拉比也说:"我也看见了。"

顿顿红着脸,不好意思地说:"你们知不知道,今天我做的事情,是我十八年来最惊险的一次了。我好怕那些人说,'小胖站住,让我检查一下车子。'那就露馅了。幸亏没事。"

小岚拍拍顿顿的肩膀说:"跟你开玩笑呢!顿顿,你一点不胆小,你是个英雄。要不是你,我们真出不来呢!"

顿顿很高兴:"谢谢!我想我以后一定会越来越勇敢的!"

他又拿出纸笔,说:"能留手机和电邮地址给我吗?我们以后多联系。我希望能常常得到你的鼓励!"

小岚说:"好啊,我写给你!我们后会有期!"

顿顿兴奋地说:"一定,我们一定会再见面的!"

他依依不舍地跟小岚和阿拉比说了再见。他要赶回去当值,不得不离开。

"再见,小岚!再见,阿拉比!"

"再见,顿顿!"

跟可爱的顿顿告别后，阿拉比说："小岚，你赶快回你的国家吧，别管那么多事了！"

小岚像只好斗的小鸡一样狠狠地盯着他，说："再说我就要打人了。明知这里有事发生，我一走了之，我还算是个人吗？"

完了又说："你想走的话，你就走吧。你去乌莎努尔，找国王万卡，也许，他已替你把妹妹们救回去了。"

阿拉比听了很生气："小岚，你把我看成什么人了！我堂堂男子汉竟然自己跑掉，让你一个女孩去冒险？我跟你一起去！"

小岚暗笑，激将法成功了，她说："那很欢迎啊！说真的，光是我一个人，还真不知道该怎么做呢！现在我们马上去现场，见机行事。"

两人刚要走，才想起还不知道公审大会会场在哪里。

小岚四处瞧瞧，说："根本不用问。你看那些行人手里拿着什么？"

阿拉比一看，只见很多三五成群的人，手里拿着牌子，都朝着一个方向走去。那些牌子上写着各种各样的字句，但都跟反恐有关。有的写着"恐怖分子血债血

偿！"，有的写着"阿达罪该万死！"，有的写着"政府反恐有功！"，有的还写着"支持奥朗总统连任！奥朗总统反恐有功！"。

这些人无疑都是前往公审大会会场的。跟着他们走没错。

两个人跟着人群走，一路见到有许多全副武装的警察在巡逻，戒备很是森严。走了差不多二十分钟，到达了一个名字叫"胜利"的大广场。

看来奥朗的宣传发动工作做得很好，偌大的广场坐满了人。又见到广场四周贴满了各种标语，内容除了人们手上的牌子写的内容之外，还有更多的对奥朗歌功颂德的口号标语。

广场正面的舞台上搭了个临时直播室，看来奥朗是打算把公审大会作现场直播，让全国甚至全世界都能看到。

怪不得奥朗不肯放弃这场公审大会，这大会真能给他的竞选加不少分呢！

小岚看着黑压压的人群，心里更加担忧，恐怖分子如果选择在这里抢人，不知会造成多大的混乱，多大的伤亡呢！

阿拉比也呆住了。他已经明白了小岚的焦虑。

广场里里外外都有许多警察在巡逻，还有一些疑似便衣的人在人群中穿插着。小岚拉着阿拉比，在人群里穿穿插插的，走到了最接近舞台的地方，找了个地方坐下。

最危险的地方就是最安全的地方，相信奥朗怎么也不会想到，小岚和阿拉比就坐在他眼皮底下。

小岚悄悄问："阿拉比，你再想想，在C计划中，究竟是打算在半路上劫走阿达，还是到了会场后再抢人？"

阿拉比有点无奈地看着小岚："对不起，这点我真的记不起来了。"

没办法，只好见机行事了。

突然，全场爆发出一阵热烈的掌声，小岚一看，原来是有人陆续走上了舞台。先是一队精壮的保镖，然后是满脸笑容的奥朗总统，接着是一班政府高官。

阿拉比看着奥朗，咬牙切齿地说："这个骗子，骗子！"

这时，一名女主播走进了临时直播室，舞台右侧的一个巨型屏幕也开启了，随着一阵音乐声，直播开始了。

女主播用煽情的声音介绍了奥朗总统积极推行反恐的

功绩,然后说:"现在,让我们把镜头转向蓝十字路口,那是押送阿达的囚车必经之处,我们请等候在那里的记者阿简介绍一下情况。"

电视画面转到了一个十字路口,一名手持无线麦克的女记者神情紧张地做着报道:

"……我现在的位置是在蓝十字路口,押送阿达的囚车正在向这里开来。据闻,这囚车是国内最新科研产品,除了驾驶室可以自由开关之外,后面关押犯人的车厢是用电子仪器操控的……啊,我看见了,囚车已向我这边开来,快要进入镜头了……"

女记者话未说完,听到"砰砰砰"的枪声响起,随即听到女记者一声尖叫,画面一阵乱晃,然后突然什么都没有了,只留下一片沙沙声。

广场上的人都呆了,不知道发生了什么事。

小岚一把抓住阿拉比的手,说:"出事了!"

画面又转回了直播室。女主播紧张地喊着女记者的名字:"简,简,请回答,请回答!"

几分钟后,画面又切回了刚才的十字路口,女记者出现了,她显得十分慌乱:"观、观众们,由于刚才这里爆发了一场枪战,所以直播中断了。运送阿达的囚车不知什么时候被恐怖分子控制了,司机变成了他们的人。在众目睽睽之下,车子走到蓝十字路口时突然转向,朝码头开去。估计恐怖分子是打算从码头坐船逃走……"

广场上像炸开了锅,人们都感到十分震惊。

这时,一直坐在台上看着屏幕的奥朗起立,对着麦克风高声说:"大家别惊慌,没事的,恐怖分子跑不掉的。因为,我已经料到他们会来劫人,所以,我已经作了防范。"

奥朗不慌不忙地走进直播室,坐到女主播旁边:"请技术人员打开囚车内的通讯器。"

奥朗又说:"囚车内的阿达,你别高兴得太早,你跑不了的!你很幸运坐上了我国的最新科技产品,没有我的许可,谁也无法打开囚车让你出来。这囚车的材料坚硬无比,打不烂敲不开。你还是赶快停车,乖乖就擒。还有,我已经在车里放了炸弹,只要我的手指头一动,你就会在车子里粉身碎骨。"

囚车边没有人回应,过了好一会儿,才听到一阵低沉的男声骂了几句什么。

奥朗很得意:"哼,阿达,你斗不过我的,现在由我

说了算,你还是乖乖投降吧。我这个人向来急性子,我数十下,你不回头,我就送你上西天。一……二……三……四……五……六……七……八……九……"

传来阿达恼火的声音:"好,回去就回去!"

奥朗哈哈大笑:"任你什么恐怖分子,都得败在我的手下!"

"哗哗……"热烈的掌声在场内响起。

屏幕画面又切回蓝十字路口,又见到刚才那个女记者,她一脸惊喜:"啊,天哪,神奇的事发生了,阿达的囚车开回来了!开回来了!沿着原定路线,向大广场开去呢!"

广场上的人听了,都欢呼起来:

"奥朗总统真厉害!"

"支持奥朗总统!"

"有奥朗总统就有和平!"

"支持奥朗总统连任!"

掌声、喊声震耳欲聋。

第17章
生死时刻

屏幕又换了另一个画面：一辆囚车在路上行驰，朝胜利大广场方向飞驰而来。

小岚注视着屏幕上那辆设计独特的囚车，问阿拉比："你认为阿达真的那么容易就投降了吗？"

阿拉比有点困惑："我觉得……我觉得阿达是不会那么容易认输的。"

小岚不禁很担心，奥朗和警卫部队一定会觉得阿达很容易对付而放松警惕，这样反而给了阿达机会。

从屏幕上可以看到，囚车已经到了广场门口。广场里民众群情激昂，大叫口号：

"打倒恐怖分子!"

"阿达该死!"

"恐怖分子见鬼去吧!"

大批警卫部队包围着囚车,囚车沿着广场旁边一条车道,缓缓开到了舞台左侧。全副武装的警察首先打开驾驶室,捉了两名阿达战士。这时,奥朗手持遥控器,开启了后面关着阿达的车厢。

一个被手铐铐着的大约五十岁的男人走下车来。他就是曾制造了多次恐怖袭击的阿达。

小岚这时离阿达只有几米远,她清楚地看到了他的脸。这恐怖分子头目长得也真够恐怖的,浓眉下是一双凶狠的圆眼睛,鼻子像鹰的嘴巴,脸上一条伤疤从太阳穴一直到达耳朵根,这令他的脸很是狰狞。

这模样,真是令人看一眼都会倒抽一口冷气。

两名全副武装的警察押着阿达走上舞台。

这时,台下的人都安静了下来,大家伸长脖子,都想看清楚这个杀人魔王究竟长什么样子。

奥朗得意地看着朝舞台中间走来的阿达说:"阿达先生,你到底败在我手下了。哈哈哈……"

但是,他的笑声余音未了,就出事了。阿达经过临时

直播室时，以迅雷不及掩耳的快速动作，一把抓住女主播，把她挡在自己面前。

"我有炸弹，谁也不许动！"阿达高举着一个黑盒子，得意地说，"奥朗，你太小看我了，你看看这是什么，这是你的炸弹，已经被我拆下来了。你不知道我是个炸弹专家吗？经我稍稍一改装，你那个遥控器没用了，现在控制爆炸的主动权在我手里。奥朗，我想这炸弹的威力你最清楚吧，如果我不高兴的话，一按按钮，这周围十几米的人都难逃一死。"

在场所有人目睹了这一幕，大家都呆了。奥朗更是张大嘴巴，呆若木鸡。

"该死又愚蠢的奥朗！"小岚之前设想了许多可能性，但万万没有想到，阿达现在用以震慑奥朗的，正是奥朗自己布下的大杀伤力武器。

台上台下陷入僵局。

阿达看着被保镖们用盾牌保护起来的奥朗，冷笑着，说："奥朗，你听着，现在轮到我说了算。一，立刻放了我两个兄弟，二，给我一辆车，让我的两个兄弟驾驶着来到舞台旁边，接我走。按我说的去做！只要我到了安全地方，就会放了人质。"

第一公主

奥朗知道电视镜头正把这里发生的一切直播出去,他想,自己无论如何不能在全国人民面前软弱,否则将无法再连任总统,所以,他缩在盾牌后大声说:"阿达,你别痴心妄想了,我不会怕你这个该死的恐怖分子的,你别想我屈服!"

台上一个胖胖的官员小声提醒说:"总统,别激怒了阿达,先稳住他为好。"

奥朗不满地说:"我自有分寸,不用你教。"

只听阿达冷笑一声:"奥朗,你别以为我不敢,最多和你同归于尽。赶快按我说的去办!"

"啊!"被劫持的女主播尖叫起来,突然,她用手捂着胸口,叫道,"痛,心好痛!"

阿达看了女主播一眼,不耐烦地说:"别装了,我不会上当的。"

女主播大口大口地喘着气:"我……我真的有病……我有心脏病!"

奥朗说:"你先放了女主播,让她去医院。你是个大男人,你不觉得欺负一个女子,很不人道吗?"

阿达说:"哈哈!好啊,我不是个大男人,那你是吗?要是的话,你可以英雄救美啊,你来做人质,我马上

放了她。来呀,过来呀!"

"我、我……我为什么要听你这个恐怖分子指挥?!你这个该死的恐怖分子!"奥朗有点恼羞成怒。

那个胖胖的官员实在忍不住了,他又小声对奥朗说:"总统,情势危急啊!女主播很危险,阿达手里的炸弹更危险。你不是不知道,阿达是个狂人,他什么事都干得出。万一他引爆炸弹,这挤满人的广场,炸死、踩死,伤亡会很惨重啊!不如佯装答应他的要求,同意马上派车来,让他先放了女主播。我们一边拖延时间,一边找机会消灭他。"

奥朗狠狠瞪了胖官员一眼,说:"贝伯,你要让我在全国和全世界人民面前丢脸是吗?你想让我连任告吹吗?我不会上你的当的。"

那胖官员气得脸色发紫:"混账!人命关天,你还只顾你的总统连任!"

眼看着奥朗只顾表现自己,而丝毫没有考虑如何去化解危机,罔顾市民安全,小岚快气炸了。她懂点医学,看得出女主播的确是心脏病发作了,这种情况如果得不到及时救治,会导致死亡的。

她情急之下对阿拉比说:"我知道你打枪很准,你瞄

准阿达,打他举着炸弹的手!"

阿拉比说:"不行,不行。"

小岚急坏了:"阿达不死,女主播就要死,广场上很多人也要死,到了这时候,你还……"

阿拉比说:"小岚,不是这样的。阿达手里拿着的炸弹,落地时有可能引起爆炸。所以,不到最危险一刻,不可以开枪打他。"

"那怎么办呢?怎么办呢!!"小岚腾地站了起来,"不行,我得去救那女主播。"

阿拉比拉住她:"你想干什么?"

小岚甩掉阿拉比的手,跑前几步,一跃跳上了舞台。台上台下的人都被她的举动吓了一跳。

小岚走近阿达,说:"放开女主播,我代替她做人质。"

阿达打量了小岚一下,说:"你好大的胆子,你不怕死吗?"

小岚勇敢地说:"别啰唆,你只是想要个人质而已,换我也一样啊!"

阿达想了想,说:"好吧,我也不想这半死不活的女主播拖累我,等会儿走的时候还得背着她。"

生死时刻

阿达一手推开女主播,又迅速抓住小岚,用她挡在自己前面。小岚感觉到,阿达的手劲很大,要脱离他的魔掌看来很难,心想只好等候机会了。

女主播捂着胸口跌跌撞撞地走下舞台,有人马上把她扶上了一副担架,送上了救护车,车子很快飞驰而去。

台上台下的人目睹小岚救人,都很感动,竟鼓起掌来。

阿达揶揄说:"奥朗,你真是个怕死的缩头乌龟,你连个小姑娘都不如。"

奥朗大怒:"阿达,你别忘了你现在是在我的国土上,我堂堂总统,是不会被你要挟的,就是有所牺牲,也在所不辞!"

阿达说:"那这小姑娘的生命安全,还有这广场上你的大批国民的生命安全,你都不顾了吗?"

奥朗恼怒地说:"要反恐就要付出代价,牺牲些人命算什么。"

场上人群突然发出一阵嘘声。人们很明显对总统的言行有点愤怒。

阿达说:"奥朗,你口口声声说我杀害无辜,其实你还不是跟我一样?今天死在这里的人,都是你杀的。哈

哈,我一条命换你们这么多条命,值了!"

眼看阿达就要有所行动,台下跃上来一个人,冲到阿达面前。

那人正是阿拉比。

"阿达领袖!你住手!"

阿达一看,狞笑着:"啊,是你呀!我救了你的一家,难道你敢反对我。"

阿拉比说:"阿达领袖,小岚也救了我啊!她不仅救了我,还救了我的灵魂。阿达领袖,悬崖勒马吧,别再伤害无辜了!你把小岚放了,把炸弹交给我,和我一样,放下屠刀,立地成佛。"

"你这个叛徒,去死吧!"阿达突然飞起一脚,把阿拉比踢倒在地。

小岚大惊:"阿达,你这个坏蛋!"

阿达说:"奥朗,我数三下,如果再不答应我的要求,我就跟你们同归于尽!"

小岚见情况危急,她拼命挣脱去抢阿达的炸弹,无奈阿达的手就像一把钢钳子一样,死死地钳住她的脖子。

阿达高举炸弹,喊道:"一……二……"

奥朗见阿达真要引爆炸弹,竟吓得不知如何是好,急

忙把整个身体缩在盾牌后面。阿达见奥朗没有答应的迹象，恼羞成怒，大吼一声就要按下去……

正在这千钧一发的时候，舞台上空树影中有个人抓着根绳子，"嗖"的一下，瞬间落到阿达和小岚的左侧，阿达好像察觉到了，一转头……

但他还来不及做反应，那人就举手朝阿达开了一枪。子弹正中阿达左肩，阿达整个人一颤，身子发软。这时，他的手一松，手里的炸弹眼看要落下，躺在地上的阿拉比伸手一接，把炸弹接住了。

小岚朝左边望去，见到了一张熟悉的脸孔。

"万卡哥哥！"小岚跑了过去，跟那人紧紧拥抱。

万卡抱歉地说："对不起，我来迟了，让你受惊了。"

小岚把脸埋在万卡胸前，感激地说："不迟不迟，谢谢你又救了我一次。"

万卡轻抚着小岚的头说："我说过，我会一辈子保护你，不会让你受到伤害的。"

小岚好感动好感动，她觉得自己是世界上最幸福的女孩。

这时，台下响起一片掌声，有人在大声喊："我认得

那从天而降的英雄，我在电视上见过他，他是乌莎努尔的国王，那勇敢的女孩是他的公主……"

"国王万岁！公主万岁！"

欢呼声震耳欲聋。

万卡和小岚手拉手，向人群鞠躬致意。

奥朗直到这时候才从盾牌的"森林"中钻出来，他整整衣服，笑嘻嘻地走过来："国王陛下，您好！我是总统奥朗。"

一向对人和善的万卡，此刻一脸怒气，他说："奥朗先生，你怎可以如此无视我国公主的性命，无视贵国国民的生命？"

奥朗理直气壮地说："对付恐怖分子难免有牺牲，我刚才不也身陷险境吗？"

旁边那个胖胖的官员再也忍不住了，他走过来，把奥朗的衣服一掀，露出了穿在里面的一件防子弹防炸弹的最先进的防弹衣。

人们哗然，原来奥朗自己早作了防备！

"太可恶了！"台下人群里有人喊了一声。

于是，马上群情汹涌，台下的人纷纷脱下鞋子，往奥

朗身上扔,吓得奥朗赶紧逃下舞台,躲起来了。

胖官员走到小岚和万卡身边,对万卡说:"万卡先生,谢谢您和您的公主救了我们!"

万卡跟他热情握手:"贝伯先生,别客气,我们只是做了应该做的事!"

小岚睁大眼睛,哦,原来他就是跟奥朗竞争下届总统的贝伯。怎么万卡好像跟他很熟。

万卡好像知道小岚在想什么,他笑着说:"我接到你的短信后,就找了贝伯先生帮忙,让他保护你。"

这时,有人跑过来,笑嘻嘻地拉着小岚的手,啊,是顿顿呢!

"顿顿,是你呀!你怎么跑到这里来了!"

贝伯笑着说:"顿顿是我儿子,是我叫他把你们从金美大厦带出来的。"

顿顿对小岚说:"你让我发短信给万卡国王的事,我告诉了爸爸。爸爸马上让我帮助你们。"

小岚恍然大悟,怪不得顿顿今天送早餐时,会用了一辆旧式的餐车,原来是特意来救他们出去的。

小岚向贝伯说:"谢谢你,贝伯先生。你有一个很勇

敢很善良的儿子。"

贝伯笑得合不拢嘴："谢谢您对顿顿的鼓励。我觉得他这两天突然长大了，突然变勇敢了，我想这离不开您对他的影响。"

万卡对小岚说："贝伯先生是个好人。他昨天协助我成功做了一件事，这件事你听到一定很高兴。"

小岚马上问："有关阿拉比妹妹的？"

万卡笑道："正是。贝伯先生给我提供了她们所处的正确位置，让我的特别行动队顺利把她们救出来了。当时，她们已经被囚禁，情况危险。"

小岚高兴得喊了起来："啊，太好了！我们赶快去告诉阿拉比！"

见到有人用担架把阿达抬走。小岚见阿达一动不动的，问万卡："你刚才打了他一枪，他会死吗？"

"他不会死的。"万卡笑着拿出一支小得可以藏在掌心的手枪，说，"我是用这支微型麻醉枪打他的，他只是被麻醉了。"

一名医护人员正在给阿拉比包扎受伤的膝盖。

万卡微笑着对阿拉比说："你好，我是万卡国王。非常

感谢你奋不顾身冲上台去阻止阿达,给我赢得了时间。"

阿拉比说:"不,国王先生,应该说,感谢您和您的公主一次又一次救了我。小岚公主不但救了我生命,还让我懂得了爱和善良。"

他又急切地问:"国王先生,找到我的妹妹吗?"

万卡指指不远处:"你看,是谁来了?"

"弟弟!"

"哥哥……"

姬玛带着六个高矮不一的小女孩欢叫着朝阿拉比跑来。

阿拉比的视线模糊了,眼泪哗哗地流了下来。

第18章
第一公主

玫瑰岛上,阳光灿烂、百花争艳,世界公主决赛如期进行了。

史密斯先生的设计风格令人惊叹,比赛舞台简直美得像个童话中的仙境,上空是奇幻的月亮船、神奇的星座图、拿着小弓箭在飞翔的美丽小天使;地上有美丽的森林小仙子,带着一群可爱的小动物载歌载舞。配上变幻无穷的激光效果,更是美得无法用语言去形容。

司仪小姐用甜美的声音宣布了比赛开始。司仪小姐原来是安娜呢!脱下行政装,穿上一身晚礼服,她已变成一个仪态万千的主持人了。

安娜逐一介绍二十位公主们出场,她们中间包括五位获救的公主——茜茜、莎莎、美姬、素姬、胡追追。

二十名参赛公主各显美态,令人目不暇接。

小岚头戴钻石冠、身穿公主装,端坐在评判席上。她认真地观看着参赛公主们各个环节的表现,但又时不时在比赛过场时,扭头给后面一个人报以甜蜜的微笑。

在她后面,坐着嘉宾万卡国王。国王的眼睛一直盯着小岚美丽的背影,好像总也看不够,台上发生了什么,他一概视而不见。

看比赛最认真的人要数晓晴了。她的眼睛基本上是一眨不眨的,因为她怕错过了哪怕是一秒钟的演出。公主们漂亮的装扮实在令她十分着迷。

看比赛最不认真的要算是我们的晓星同学了。玫瑰岛的水果世界驰名,这个馋猫从比赛开始就全力以赴对付摆在桌上的各种水果。看样子,不把它们全部"歼灭",他是誓不罢休的。瞧,他面前小桌上的果皮果核,已经堆成一座小山了。

比赛进入尾声,经过评判合议之后,二十名公主盛装上台,排成一列,等候宣布结果。

在一阵又一阵掌声中,冠、亚军诞生了,她们分别是

胡鲁国公主茜茜、神马国公主莎莎,而季军则是并列的两名——胡陶国的美姬和素姬姐妹。

哗哗哗,掌声响个不停。

最后,该是揭晓"第一公主"的时候了。

"第一公主"是由各国人民在网上投票选出的,地球上的公民都可以一人一票,从二十名参赛的世界公主中,选出一名自己心目中的最完美公主。

安娜拿着网上选举结果走到了台前,她兴奋地说:

"这次'第一公主'选举得到了全世界人民的空前热烈支持,但令人惊讶的是,几乎大多数人都违反了投票规定,他们没有投票给任何一位参赛者,而是投给了参赛者以外的一位公主。不过,经世界公主筹委会商议,一致决定尊重世界人民的意愿。因为这位公主刚刚以她的勇敢和善良,制止了罪恶,拯救了许多人的性命。这位世界人民心目中的第一公主就是——乌莎努尔公主,马小岚!"

哗哗哗,掌声如雷。

一束柔和的光打在评判席上的小岚身上,小岚在一阵短暂的惊讶后微笑着站了起来。她的裙裾太长了走路有点不便,万卡国王马上起立,轻轻牵住她的手,把她带上台。英俊的国王,美丽的公主,加上美丽的背景,构成了

一幅绝美的图画。

哗哗哗——那掌声,简直惊天动地。

掌声中,联合国和平协会秘书长安阳,一位鬓发皆白、面目慈祥的老伯伯,把奖杯交到小岚手里,他说:

"小姑娘,世界因你更美好!"

小岚脸有点发红,她说:"谢谢安阳先生!"

她又对着镜头说:"谢谢所有给我投票的人们,谢谢你们给我如此大的荣誉!"

又是热烈的掌声。这时,从后台走出一个大约五六岁的小姑娘,她怀里抱着一只代表和平的雪白的鸽子。她是阿拉比最小的妹妹姬莉。

小岚把奖杯交给万卡。她俯身亲了亲姬莉的小脸蛋,然后接过小白鸽。她把小白鸽高高举起,说:"愿世界没有战争,愿人类和平共处,愿天下人都有幸福的家庭,愿孩子们都有快乐的童年……"

小岚说完放了手,小白鸽拍着翅膀飞起来了,带着小岚美好的祝愿,飞向了蓝天,飞向了美好的世界……